[意]法朗西斯·德·陆法 主编

刘国鹏 译

当代意大利诗歌集

poesia

江苏凤凰文艺出版社
JIANGSU PHOENIX LITERATURE AND ART PUBLISHING

图书在版编目（CIP）数据

当代意大利诗歌集 /（意）法朗西斯·德·陆法主编；刘国鹏译. -- 南京：江苏凤凰文艺出版社，2025.9.
ISBN 978-7-5594-9202-9

Ⅰ. I546.25

中国国家版本馆CIP数据核字第2024VC6780号

当代意大利诗歌集

（意）法朗西斯·德·陆法　主编
刘国鹏　译

出 版 人	张在健
责任编辑	王娱瑶　徐　辰
责任印制	杨　丹
出版发行	江苏凤凰文艺出版社
	南京市中央路165号，邮编：210009
网　　址	http://www.jswenyi.com
印　　刷	苏州市越洋印刷有限公司
开　　本	880毫米×1230毫米　1/32
印　　张	5.25
字　　数	90千字
版　　次	2025年9月第1版
印　　次	2025年9月第1次印刷
书　　号	ISBN 978-7-5594-9202-9
定　　价	48.00元

江苏凤凰文艺版图书凡印刷、装订错误，可向出版社调换，联系电话 025-83280257

目　录

001 ── 意大利当代诗歌中的口语诗（雷佐·帕里斯）

001 ── **达里奥·贝莱扎**
002　　 "你是睡眠。你莅临时"
003　　 "幸福的过往。偶而"
004　　 "永别了，纷繁的心灵"

005 ── **佛朗哥·布福尼**
006　　 崭新的心脏
007　　 金刚石眼之歌
008　　 唯有地衣和苔原

009 ── **吉多·卡塔拉诺**
010　　 从前，有一个故事
012　　 偷枕头的小女贼
014　　 就是那样

015 ── **帕特里齐娅·卡瓦利**
016　　 大西洋日
018　　 "为了治愈自己乏味的爱情"

001

019	"我眺望天空，你所眺望的天空"
020	**达维德·科尔泰塞**
021	"我现在请求向大地学习"
022	"你在我的黑暗中航行"
023	"此刻,于我而言,有阳光便已足矣"
024	**毛里齐奥·库奇**
025	"依然是她,阴影"
026	1967年的春天
027	"诗歌有沉重的文字"
028	**费德里卡·玛丽亚·达马托**
029	电视时代,我生为拜占庭人
030	"你是钢琴,我是"
031	"来吧,随我一道去面包居"
032	**克劳迪奥·达米亚尼**
033	"现在回想起来,当我还是个孩子时"
034	"我们此生何为？"
036	"总是醉生梦死"
038	**米洛·德·安吉利斯**
039	双步
040	尼米尼
041	镜像隧道

042		**比安卡玛丽亚·弗拉博塔**
043		"我的丈夫有一颗慷慨的心"
044		"仿佛睡意,彼此"
045		"我不在乎我自己,只在乎"
047		**加布里埃尔·加洛尼**
048		"你会问,那些海域的"
049		"它是今生的另一个新生命"
050		"情人们快乐、高兴、无忧无虑地"
051		**毛里齐奥·格雷戈里尼**
052		爱情故事
053		"所有爱的星辰"
054		"鸟群交织在一起"
055		**伊阿古**
056		月之皎皎
058		歌声
059		天真
061		**薇薇安·拉马克**
062		樱花树
063		"但在来世"
064		这些贝壳
065		**瓦莱里奥·马格雷利**
066		拥抱

003

067		诗人之家
068		"有可能活着走出暮年吗?"
070	——	**马特奥·马尔切西尼**
071		眼镜
073		更多的光
078		一位患者
079	——	**克劳迪奥·马鲁奇**
080		"请听小号的黄色声音,还有古提琴的红色声音"
081		"城市是雨,城市是泥"
082		♯物性论 ♯时间之箭
084	——	**马可·马斯乔维奇奥**
085		"碎片从天而降"
086		"台伯河的气息吹拂着我的脸颊"
087		"让我从你手中"
088	——	**达尼埃莱·马泰伊**
089		情侣们
092		兔子的爱
095		"我像一名艺术家一样爱上了"
096	——	**阿尔达·梅里尼**
097		"我疯了,疯了"
098		"我生于春之初日"
099		爱的大地

101		**阿尔多·诺维**
103		费黛丽卡Ⅰ
104		费黛丽卡Ⅱ
105		费黛丽卡Ⅲ
106		**雷佐·帕里斯**
108		草地
110		火星之花
112		爱的呻吟
113		**埃利奥·佩科拉**
114		"你问我"
115		"我看到,你在众人之中离去"
116		镜中的蝴蝶
117		**吉尔达·波利卡斯特罗**
118		初恋
120		七号
122		如果你离开我,我就拉黑你
123		**阿米莉亚·罗塞利**
124		"也许正是这忠实的光环引领我们"
125		"爱的疯狂只是沙漠中的一颗流星"
127		"我如此孤独,如此爱你,风在田间"
129		**贝佩·萨尔维亚**
130		"现在,我有了一栋新房子"

131		"我从朋友那里学会了写作"
132		"我爱上了远处和近处的事物"
133	—— ❖❖❖ ——	**吉诺·斯卡塔吉安德**
134		"变得轻盈的绿洲"
135		"光芒编织着"
136		深夜
138	—— ❖❖❖ ——	**毛里奇奥·索迪尼**
139		"火舌"
140		现在是大海
141		你是我的觉醒
142	—— ❖❖❖ ——	**加布里埃拉·茜卡**
143		"它们是古老的清新"
144		"他转过弯,在那下方潮湿"
145		"她不无惊艳地看到"
146	—— ❖❖❖ ——	**安东尼奥·威内齐阿尼**
147		"镜子边缘"
148		"我窥视多情的印迹"
149		"纸牌不会说谎:新世界即将到来"
150	—— ❖❖❖ ——	**编者手记**(德陆法)

意大利当代诗歌中的口语诗[1]

诸君眼前的这本诗集收录了部分意大利诗人的作品。除了少数几个例外,他们大多是在 20 世纪 70 年代首次发表诗作。当时,自 20 世纪 60 年代初以来始终在制定规则的意大利新先锋派(Neoavanguardia),与弗朗哥·科尔代利(Franco Cordelli)、阿方索·贝拉尔迪内利(Alfonso Berardinelli)在 1975 年出版的《诗歌的公众》(*Il pubblico della poesia*)一书中首次收录的新一代诗人之间发生了决裂,也正是在同一年,伟大的诗人帕索里尼(Pier Paolo Pasolini,1922—1975)在罗马近郊奥斯提亚的水上飞机起降场(Idroscalo di Ostia)惨遭杀害。四年后的 1979 年,在卡斯特波尔齐亚诺(Castelporziano)海滩上,举行了为期三天的国际诗歌节,第一个晚上是意大利诗人专场,坐在沙滩上的诗人与舞台上的诗人发生了冲突。直到第二天晚上,三万名年轻

---

[1] 标题原文为"LA POESIA PARLATA(口语诗)",这里根据其主旨有所调整。——译者注

观众在外国诗人朗读作品时才安静下来,老一代垮掉派的金斯伯格唱出了他那首和解的《唵》(Om),赢得了全场雷动的掌声。

从20世纪70年代末开始的四十多年里,意大利诗歌在后现代主义影响下变得具有自传性质,其中,"自我"不再像新先锋派所希望的那样被弱化甚至抹去。在小说领域,法国的"自传体小说"(autofiction)也得以广泛传播,至今仍方兴未艾。意大利后现代诗歌最显著的特点是口语化,它与一种通过电视、广播,以及至少近二十年来通过社交媒体不断演变的意大利语紧密相连。

1963年,伟大的语言学家图利奥·德·毛罗(Tullio De Mauro)出版了《统一的意大利语言史》(*Storia linguistica dell'Italia unita*),他在书中首次强调,精英化的意大利语在贫困阶层的影响下正在发生变化。20世纪60年代,这些贫困阶层受到了所谓"经济繁荣"的影响。总之,从那时起,一种新的意大利口语诞生了,它主要出现在最受欢迎的电视节目中,那些仍习惯说方言的观众也开始使用这种语言。正是这种意大利语,尽管有人指责它过于简单,却因其具有良好的沟通性而被广泛接受。它不再是但丁、彼特拉克和薄伽丘所用的文学语言,但意大利已然朝着一种统一的语言迈进。而在欧洲,比如法国,从17世纪起就在使用统一的语言了。这本诗集反映的正是这种意大利口语,其中很少出现读者们早已习以为常的意大利文学作品中的词汇。

因此，爱情是这部选集的主题。爱情这一情感在数个世纪中发生了巨大变化，丹尼斯·德·鲁日蒙（Denis De Rougemont）[1]在其1939年出版的《爱情与西方》(*L'amore e l'Occidente*)一书中，通过研读西方的文学作品，对爱情进行了详尽考察。他发现，宫廷抒情诗以及相关的爱情观念，源自11—13世纪在西方传播的卡特里派异端思想(L'eresia catara)[2]。1822年，司汤达出版了精彩绝伦的《论爱情》(De l'amour)一文，从而传播了他关于爱情"结晶"的观点。1977年，罗兰·巴特（Roland Barthes）在《恋人絮语》(*Frammenti di un discorso amoroso*)中说出了自己的发现：人们爱的是爱情本身，而非爱人。正是爱人的缺席与对爱人的期待，构成了这一永恒情感的核心。"想要书写爱情，意味着要直面语言的混乱：在这个混乱地带，语言既过于丰富，又太过匮乏，既冗余又贫瘠……情感的表达比性的表达更易引发争议。"通过巴特的观点，我们能更好地理解意大利当代诗人的诗句。

爱是缺失，是阴影，是记忆，是诗歌的乡愁。

故事从达里奥·贝莱扎（Dario Bellezza）开始。他被帕索里尼称为同时代最优秀的诗人，他唱道："永别了，纷繁的心灵，

---

[1] 丹尼斯·德·鲁日蒙（Denis De Rougemont，1906—1985），瑞士作家、哲学家、大学教授。
[2] 卡特里派（Catarismo），又称阿尔比派、纯洁派，是中世纪时期在欧洲多个地区（法国的朗格多克和奥克西塔尼亚、意大利、波斯尼亚、保加利亚以及拜占庭帝国）传播的基督教异端运动，活跃于10—14世纪。

永别了,芸芸爱情,/……如今一切都失去了意义。"他还写道:"我不再等你。年轻人/都是寻找跳蚤的人。"而诗人则在寻找"一件前往海边的/旧T恤衫",在那里他可以濡湿自己的翅膀。达里奥喊出了他那张扬且"袒露无遗"的自我,怀念着一种彻底的抒情风格,而新先锋派曾以为这种风格已被永远抹去。

帕特里齐娅·卡瓦利(Patrizia Cavalli)在她的朋友埃尔莎·莫兰特(Elsa Morante)不遗余力的举荐下,凭借《我的诗歌无法改变世界》(*Le mie poesie non cambieranno il mondo*)一书崭露头角。批评家阿方索·贝拉尔迪内利(Alfonso Berardinelli)认为,她是口语诗歌的代表诗人。在其著作《意大利诗歌的最后一个世纪》(*L'ultimo secolo di poesia italiana*, Quodlibet, 2023)中,贝拉尔迪内利将卡瓦利归入后现代诗歌范畴,并明确提及"口语诗"这一概念。卡瓦利写道:"坠入纯洁的/爱河,我找尽借口,只为能在此停留——"还有:"为了治愈自己乏味的爱情,/我聆听他人乏味至极的爱情/故事。"

毛里齐奥·库奇(Maurizio Cucchi)来自米兰诗派,与达里奥·贝莱扎一道惊艳亮相。他以《迷失者》(*Il disperso*)开启了自己的创作生涯。其作品呈现出碎片化的、新黄昏诗派(Neocrupuscolare)式的自我,如"依旧是她,那抹影子"。此外,还有费德里卡·玛丽亚·达马托(Federica Maria D'Amato),被称作"电视时代的拜占庭人";弗朗哥·布福尼(Franco Buffoni),"新心灵"的歌颂者;还有吉多·卡塔拉诺(Guido

Catalano),一位表演诗人,他的表演将诗歌与抒情歌舞表演巧妙融合,在两者的边界上编织故事,场场演出剧院都座无虚席。

克劳迪奥·达米亚尼(Claudio Damiani)有一位极为出色的"伯乐",即导演南尼·莫雷蒂(Nanni Moretti)。莫雷蒂常常邀请他在自己罗马的影厅里朗诵诗歌。达米亚尼写道:"我们生来就是天使,全身心地爱着",因为我们"终年热恋"。

由佛朗哥·福尔蒂尼高调力荐的米洛·德·安吉利斯也选择谈论爱情,"尽管爱迷失了方向"。在妻子,诗人乔凡娜·西卡里(Giovanna Sicari)去世后,他所创作的作品与自己最初那带有俄耳甫斯般神秘色彩的处女作开始分道扬镳,更加贴近口语化的表达风格。

新近获得斯特雷加诗歌奖首奖的薇薇安·拉马克(Vivian Lamarque)以诙谐的笔触写道,"但在来世/没有人会把我们分开"。

罗兰·巴特的影响,在比安卡玛丽亚·弗拉博塔(Biancamaria Frabotta)描写婚姻爱情的诗歌中似乎并不明显。而在瓦莱里奥·马格雷利(Valerio Magrelli)描写家庭的诗作里,这种影响又重新出现了。马格雷利写道:"我们如此相爱,/但每一次碰撞都是一道电闪雷鸣……我们是燧石般的/一家人。"

阿尔达·梅里尼(Alda Merini)是个例外,她高呼:"我疯了,疯了,/爱你爱到发疯。"还有"可我正饱受折磨之苦,/因你的消逝而一病不起。""我不需要金钱,/我需要的是情感。"

阿尔多·诺维(Aldo Nove)以奇幻怪诞的短篇小说出道,至今仍是一位颇受欢迎的小说家。这里他为费黛丽卡(Federica)献上三首同名诗作,其中写道:"没有地图,/心和它的脉搏一起/适应它所碰巧依附的一切!"

作为这本诗集的编选者,德陆法(Francesco De Luca)还希望收录我献给第二任妻子玛丽娜(Marina)的三首诗。其中最后一首诗以诙谐的口吻结尾:"玛丽娜和我,什么时候才能见面?"

得享高寿的埃利奥·佩科拉(Elio Pecora)曾为他的朋友桑德罗·彭纳(Sandro Penna)撰写传记,他在诗中写道:"我看到,你在众人之中离去……我看见你:/你就是我一直在等待的那个人……现在我知道,那段时光/只是一场漫长的煎熬……"

阿米莉亚·罗塞利(Amelia Rosselli)是另一个独特的存在。她由帕索里尼(Pier Paolo Pasolini)慧眼识珠,自20世纪50年代起便生活在罗马。我曾写过《罗塞利小姐》(*Miss Rosselli*,2022)一书,书中提到,听她讲话就仿佛见证她诗歌的诞生。这并不是说她的作品中没有古代和现代诗歌的影子,只是这些影子仿佛被她吸收,经她的表达变得难以辨认:"我如此孤独,如此爱你,风在田间/肆虐噬咬……而我们却对这暴风雨/大笑不止,你用你的泪水驯化/小鸡,你使用"爱"这个词的方式/是如此廉价。"

诗人吉诺·斯卡塔吉安德(Gino Scartaghiande)出版了一

本出色的处女作《给金刚的爱情十四行诗》(*Sonetti d'amore per King Kong*),书中有我撰写的序言。当阿梅莉亚·罗塞利(Amelia Rosselli)寻求那遥不可及的政治庇护时,他曾陪她去过莫斯科。他如此写道:"我该徒劳地/向谁献上/我的吻,/倘若在街上,一瞬间/你在我身后停下脚步?"

加布里埃拉·茜卡(Gabriella Sica)是一位彻头彻尾的爱情诗人。"她记得前一夜/他的嘴,他饱满的双唇/和额前的秀发"。"'她不无惊艳地看到'/在那个平民街区行走着/一位堪比阿波罗或赫耳墨斯的神。"

安东尼奥·威内齐阿尼(Antonio Veneziani)和达里奥·贝莱扎(Dario Bellezza)曾朝夕相处过数载。他们二人都对桑德罗·彭纳(Sandro Penna)倾心不已。在他最出色的作品《红糖》(*Brown Sugar*)中,他写道:"……与此同时,我的爱/夹在两块巨石之间,/缓缓消逝。"

此外,在这部诗选的三十位诗人中,有像马可·马斯乔韦奇奥(Marco Masciovecchio)这样只出版过一本诗集的,还有像达尼埃莱·马泰伊(Daniele Mattei)、达维德·科尔泰塞(Davide Cortese)、毛里奇奥·索迪尼(Maurizio Soldini)、毛里齐奥·格雷戈里尼(Maurizio Gregorini)这样出版过几本小册子的。我们还记得毛里齐奥·格雷戈里尼的《美丽之恶》(*Il male di Bellezza*),长于尖刻讽刺的马特奥·马尔切西尼(Matteo Marchesini),年迈的伊阿古(Iago)所著的《单纯的人》

(*L'ingenuo*)，克劳迪奥·马鲁奇（Claudio Marrucci），吉尔达·波利卡斯特罗（Gilda Policastro）的"反抒情诗"，她同时也是一名小说家。

在较为年轻的诗人中，加布里埃尔·加洛尼（Gabriele Galloni）和贝佩·萨尔维亚（Beppe Salvia）双星辉映，可惜都英年早逝。关于萨尔维亚，编选者选取了这样的诗句："我从朋友们那里学会了写作，/但他们已不在身旁。是你教会了我/如何去爱，可你却已撒手人寰。"

加布里埃尔·加洛尼或许是晚近一代诗人中最出类拔萃的一位。他在写作有关罗马诗派的论文时去世。他没能如约赴会。"初次约会，便可月下/相偎，夫复何求？"

雷佐·帕里斯（Renzo Paris）
圣潘菲洛·德奥克雷（AQ）[1]
2024 年 7 月 21 日

---

[1] 圣潘菲洛·迪奥克雷（San Panfilo d'Ocre），位于意大利阿布鲁佐大区拉奎拉省的一个小镇。——译者注

达里奥·贝莱扎

达里奥·贝莱扎(Dario Bellezza, 1944—1996), 意大利诗人、作家、翻译家和剧作家。贝莱扎出生于罗马,生前为帕索里尼所激赏,他的第一部诗集《谩骂和许可证》(*Invettive e licenze*, 1971)甫一面世,即被帕索里尼称为"新一代最优秀的诗人"。他的主要作品包括小说《无辜》(*Innocenza*, 1970)、《索多玛来信》(*Lettere da Sodoma*, 1972)和《刽子手》(*Il carnefice*, 1973)。1976年,他凭借诗集《秘密死亡》(*Morte segreta*)荣获维亚雷焦奖。他还翻译了兰波的全部作品。2023年,贾尔迪纳(Carmen Giardina)和帕尔梅塞(Massimiliano Palmese)拍摄的纪录片《别了,贝莱扎》(*Bellezza, addio*)上映,向诗人及其创作致敬。贝莱扎因其对爱情、死亡和身份认同等主题的探索而被世人所铭记,他的作品往往带有挑衅和忧郁的基调。

"你是睡眠。你莅临时"

你是睡眠。你莅临时
失眠的月亮
熄灭在天空的街道。

我于是痛击这半梦半醒,
心中的梦魇啁啾着
无稽之谈。就连地狱
也望不到尽头。性的肮脏。

我不再等你。年轻人
都是寻找跳蚤的人。

我从无边的高度
凝视世界,平静的
双眼在爱的哭泣中
干涸。

选自《谩骂和许可证:1971—1996诗选》,蒙达多里出版社,2002

"幸福的过往。偶而"

幸福的过往。偶而
口头的结合之后，点燃
香烟。你在床上，双腿微张：
物质的相遇，男性气概的
标记，如今已萎缩，
回归懒散的日常。

那些身患不朽的批评家们：
报纸上的女王，口吐
判决，而你只求
一件旧 T 恤，好去
海边，在那里，你濡湿了翅膀
但不会溺亡。

选自《爱之书，1971—1996 年诗选》，蒙达多里出版社，2002

"永别了,纷繁的心灵"

永别了,纷繁的心灵,永别了,芸芸爱情,

你们曾备受欢迎,备受倾慕,

而今却鲜有人聆听,以免纠缠不清。

卑微的形象,或是自毁者。

曾几何时人们如此写道:

因天真而陨落,

为了高飞天际,向那

无边的仇敌献祭。

如今一切都已失去意义,

威胁如影随形,无有片刻停歇,

就连你们,芸芸爱情,就连你们,纷繁的心灵。

选自《爱之书:1971—1996年诗选》,蒙达多里出版社,2002

佛朗哥·布福尼

佛朗哥·布福尼(Franco Buffoni),1948年3月3出生于加拉拉泰(Gallarate),意大利诗人、散文家和翻译家。曾在意大利多所大学教授英语和比较文学,翻译过济慈、拜伦、柯勒律治、吉卜林、王尔德、希尼和叶芝等人的作品。布福尼1979年以诗集《在眼眸之水中》(*Nell'acqua degli occhi*)完成诗人身份的首秀。其主要作品包括《加尔默罗会修女和其他诗歌故事》(*Suora carmelitana e altri racconti in versi*,1997)、《玫瑰简介》(*Il profilo del Rosa*,2000)、《战争》(*Guerra*,2005)和《我们和他们》(*Noi e loro*,2008)。诗集《尤奇》(*Jucci*,2014)曾获维亚雷焦奖。其他重要作品包括《我的下场会和图灵一样》(*Avrei fatto la fine di Turing*,2015)、《人物》(*Personae*,2017)、《天空之线》(*La linea del cielo*,2018)和《参宿四和其他科学诗》(*Betelgeuse e altre poesie scientifiche*,2021)。布福尼以探索身份、记忆和历史等主题而著称。最新诗集《诗选:1975—2025》(*Poesie*,1975—2025)即将出版,内中收录了他的全部诗作。

崭新的心脏

要说,如果人是海蛞蝓
就可以再生
甚至三周内,头部就能
从身体中再生,伤口
一天就能愈合
新的心脏会在数小时内准备就绪。
旧的身体依然如故
但在溶解之前,
如果它越过先前的
头,就会做出惊悸的反应。
说到底,它是一只蜗牛
能够吸收
喂养它的藻类的叶绿体。
一只太阳能蜗牛
从光合作用
产生糖分。
这会是我们
从赛博格过渡到
外星人最后的未来?

选自《孔雀之尾:1975—2025 诗选》,蒙达多里出版社,2025

金刚石眼之歌

词语不会发炎

心灵的匕首也不会,因为

它们一直活在前方的火焰之中

而如果发出笑声,它们便会黯淡下去

害怕伤得太深,就对

刀刃的光芒紧闭。

但有一种伤害的快感,又黑又慢

当拳头以金刚石刀片将

歌声逼入匕首,就会有一种愉悦的感觉,

所有的拱顶被全然点亮

犹如思想的苍穹

选自《诗选:1975—2012》,蒙达多里出版社,2012

唯有地衣和苔原

你来到这里
在小小峡谷的谷口
那里的植被突然发生了变化：
只有地衣和苔原
在几公顷的范围内，
或许曾经形成
湖泊深处的冰舌，
在下面还没有融化，
与猛犸象的残骸一起在碎石中抵抗。
或许，时间将诗歌留在了那里。

选自《尤奇》，蒙达多利出版社，2014

吉多·卡塔拉诺

吉多·卡塔拉诺(Guido Catalano),1971年2月6日出生于都灵,意大利作家、诗人。高中时代即开始诗歌创作,并于2000年出版了处女作《狗永远是对的》(*I cani hanno sempre ragione*)。其主要作品包括《亲爱的,我是一位诗人》(*Sono un poeta, cara*, 2003)、《链锯》(*Motosega*, 2007)、《我爱你,但我可以向你解释》(*Ti amo ma posso spiegarti*, 2011)、《我宁可自杀也不愿意死》(*Piuttosto che morire m'ammazzo*, 2013)、《与狼接吻的女人》(*La donna che si baciava con i lupi*, 2014)、《爱情让人死去活来,但我不会》(*D'amore si muore ma io no*, 2016)、《不懂浪漫的你》(*Tu che non sei romantica*, 2019)、《扩音器上的诗歌》(*Poesie al megafono*, 2019)、《适合成年人的童话故事》(*Fiabe per adulti consenzienti*, 2021)《爱得糟糕》(*Amare male*, 2022)等。他的诗中具有幽默精神和反思意识。

从前,有一个故事

从前,有一个由盐构成的故事,

随后,是一个由口渴构成的故事。

从前,有一个善恶交织的故事,

一个雨的故事,风的故事,桑葚的故事和海上之雾的故事。

从前,一个由拥抱夜晚构成的故事,

那是你未曾预料、无以言表的故事,

它不期然降临,从寒冷中拯救你,

那寒冷足以撕裂你的嘴唇。

从前,有一个故事,未曾开始便已结束。

还有一个故事,它是一场舞蹈,一首歌,一片土地,一列蒸汽火车。

然后是那个故事——

那个故事,离开你,你就会死去,

就会死去,但三天后你用头撞开了地下墓穴,

你脸疼,背疼,胳膊疼,喉咙疼,

一个最好奔向大海的故事。

走啊,走啊,走——

是那寥寥无几的吻的故事,

一个由目光,烟雾,啤酒,土地,遥远的手构成的故事。

从前,有一个故事,没有照片能够挽留

一场你在淋浴下无声哭泣的爱情,

一场只有上帝洞悉的爱情,知道我是如何找到你的,

鬼知道你又是如何让自己被找到。

选自《以吻戒烟》,里佐利出版社,2023

偷枕头的小女贼

我的床上有个小女贼
她是个偷枕头小贼
夜里,我叫她小女贼
我叫她偷枕头小女贼
她冲我笑,也许睡着了
也许在做梦。

小女贼,你为什么晚上偷我的枕头?
我问道。
你为什么叫我小女贼?
夜里我当场抓住过你。
那就宣读我的权利吧。
你说的任何话都可以换回一个吻。
她宣布自己是政治犯。
我说她是从不敢上我床的
最可爱的枕头大盗。

后来,夜幕降临
真正的主人

接管了一切。

伴随着夜晚的

是寂静

星星

亲吻

和对整个王国

所有床上的

所有偷枕头小女贼

的大赦。

选自《以吻戒烟》,里佐利出版社,2023

就是那样

当我需要恰当的话语
你就说出了那些
恰当的事
当你微笑时
你就解除了我灵魂的铰链
或者说,剩余部分的铰链
而后
你睡在身边
会发生某些事
某些奇迹
比如
早上
我会认为不合情理的事
合乎情理
就像电影里的东西
小说里的情节
比如爱情
比如一起吃早餐
比如一个更好的世界。

选自《你每吻我一次,就有一个纳粹分子死去》,里佐利出版社,2019

帕特里齐娅·卡瓦利

帕特里齐娅·卡瓦利（Patrizia Cavalli，1947—2002），1947年4月17日生于托迪（Todi），1968年移居罗马，2022年6月21日于罗马去世。意大利诗人、作家。在艾尔莎·莫兰特（Elsa Morante）的影响下，开始了自己的诗歌生涯，并在其鼓励下，出版了自己的首部诗集《我的诗歌不会改变世界》(*Le mie poesie non cambieranno il mondo*，1974)。她的主要作品包括《天空》(*Il cielo*，1981)《我独一无二的自我》(*L'io singolare proprio mio*，1992)《永远开放的剧院》(*Sempre aperto teatro*，1999)《懒惰的神和懒惰的命运》(*Pigre divinità e pigra sorte*，2006)《曼陀罗》(*Datura*，2013)和《非凡人生》(*Vita meravigliosa*，2020)。卡瓦利的作品风格以将古典韵律与现代日常语言相结合而著称，探讨的主题包括爱情、孤独和人性的脆弱。她还翻译过莫里哀和莎士比亚的作品。她唯一的一部小说作品《追随日本的脚步》(*Con passi giapponesi*，2019)曾获"康彼埃洛文学评审团奖"（Premio Campiello-Giuria dei Letterati）。

大西洋日

当我动用我的判断力,将自己置于
每一天不温不火的平静之中,
置于温顺的午后,广阔而自然的
睡眠,不再敌视笃定而平等地
爱抚着我的气候
——声音的肿块舒散,让我沉醉,
街道的气味让我心驰神往
我流连于角落、广场
流连于老人和少女的脸庞,坠入纯洁的
爱河,我找尽借口,只为能在此停留——
大西洋的白昼突然回归。
炫目的光亮,光明的高音
远方豁然开朗。百叶窗上闪烁的
牛奶的光点足矣,阴影的缝隙
浓密而深邃,眩目的凉意,
阳台上摇曳的树枝,
瞧,夏天和苍穹化身为大海。
城市在上升,航行时在微风的吹拂下
轻轻波动。我的感官

为没有锚地或重量的高度所召唤

不复蜷曲,而是孤独而绝对的

舒展的流浪者,迷失在空气中

它们把恐怖的消息带回家中。

消息:在家里,每样东西

都找到了自己的抽屉和架子

我成为了边缘化的自己。

我的物质蒸发了。

黑暗稠密的岛屿重新在我面前显现。

那厚厚的物质,补救的承诺,

允我进入。将我带回我的极限

环绕着我,用爱抚勾勒我的轮廓,

用你身体的重量赋予我身体。

但正是这救赎产生了恶果。

选自《我独一无二的自我》,艾诺迪出版社,1992

"为了治愈自己乏味的爱情"

为了治愈自己乏味的爱情,
我聆听他人乏味至极的爱情
故事。即使在乏味中
痛苦也是真实的,但我暂时从这些相似的
故事中看到了它的不真实
我逃避自己的痛苦,因为它也是一样的。

想到这里,我开始后悔和羞愧
用言语和眼泪争取
周围人平静的心。
现在我意识到,和温带气候的
居民谈论冰川和亚马孙河流域
是一种自以为是。

选自《我独一无二的自我》,艾诺迪出版社,1992

"我眺望天空,你所眺望的天空"

我眺望天空,你所眺望的天空
但我之所见并非你之所见。
星星们留在原地,
对我而言,是无名无姓的迷茫之光,
对你而言,则是在睡眠消解你的
秩序之前,有名有姓的星座。
啊,放下秩序梦见我,忘记
数不清的名字,让我成为唯一的星辰:
我不要名字,只愿成为你眼中闪烁的星光,
成为你的苍穹和闭合的视线,
在眼睑之外,在黑暗中照耀着你
你和我的奇迹,想象的奇迹。

选自《非凡人生》,艾诺迪出版社,2002

达维德·科尔泰塞

达维德·科尔泰塞(Davide Cortese),意大利诗人、作家。1974年出生于利帕里岛,毕业于墨西拿大学现代文学专业。1998年以诗集《ES》首次亮相。他的主要作品包括《巴比伦宾馆》(*Babylon Guest House*,2004)、《樱桃宝宝的故事》(*Storie del bimbo ciliegia*,2008)、《阿努达》(*Anuda*,2011)、《奥萨里奥》(*Ossario*,2012)、《贝母》(*Madreperla*,2014)、《埃尔多拉多来信》(*Lettere da Eldorado*,2016)、《达卡纳》(*Darkana*,2018)、《维恩图》(*Vientu*,2020)、《*Zebù bambino*》(斑马宝宝,2021)和《黑暗》(*Tenebrezza*,2023)。此外,他还出版有长篇小说《纹身旅馆》(*Tattoo Motel*,2014)和《克里斯蒂的恶意》(*Malizia Christi*,2024),以及短篇小说集《瞬间的花道插》(*Ikebana degli attimi*,2004)和《新奥兹》(*Nuova Oz*,2016)。2015年,他获得了"唐·路易吉·迪·利耶格罗(Don Luigi Di Liegro)"国际诗歌奖,2023年获得了"拉续特诗歌奖(Premio La Chute alla Poesia)"。科尔特斯以其富有远见、引人入胜的风格而著称,他的诗歌融合了爱奥尼亚传统和当代感性元素。

"我现在请求向大地学习"

我现在请求向大地学习

宽恕,大地向光明献出自己的伤口

请求永远不要害怕任何东西

就像最渺小的花朵一样自然而然。

我现在请求与天空有几分相似,

天空接纳老鹰和苍蝇的飞翔,

保守蝴蝶千年的秘密。

我请求下雨和彩虹高挂。

我请求向风儿学习

如何像掠过巴旦木枝头一样

在人与人之间穿行而不伤害他们。

我请求始终直视他人的眼睛

并在我所畏惧的人士的虹膜中看到

像神一样行走在我恐惧表面的爱。

我请求能在黑夜中微笑,

为死亡的双耳戴上樱桃

如同佩戴耳环。

选自《黑暗》,勒鲁迪塔出版社,2024

"你在我的黑暗中航行"

你在我的黑暗中航行。
古老的歌声沉寂。
你在我的梦中划船,
在我眼中悲惨的黎明时分
劈开我的秘密海洋。
你抚摸我的脸庞,
在我的嘴边徘徊。
我感觉到你在我的唇间
灼烧,犹如某个禁忌之名,
犹如某个隐秘的字眼,
以其神秘毒害着一切。

选自《达卡纳》,列托科莱出版社,2017

"此刻,于我而言,有阳光便已足矣"

此刻,于我而言,有阳光便已足矣,

知晓你鲜活的呼吸,

想到在某处,

你的微笑闪闪发光,

你光芒的微粒

在空气中飘荡。

你是一个快乐的念头。

即便我爱你,你或许也并不在意。

选自《黑暗》,勒鲁迪塔出版社,2024

毛里齐奥·库奇

毛里齐奥·库奇(Maurizio Cucchi),1945年9月20日出生于米兰,意大利诗人、文学评论家、翻译家和出版商。1976年,他在维托里奥·塞雷尼(Vittorio Sereni)的鼓励下首次出版了诗集《失踪者》(*Il disperso*),标志着其文学生涯的开始。其主要作品包括:《水的奇迹》(*Le meraviglie dell'acqua*,1980)、《格伦》(*Glenn*,1982,获维亚雷焦奖)、《游戏女人》(*Donna del gioco*,1987)、《源泉之诗》(*Poesia della fonte*,1993,获蒙塔莱奖)、《格伦的最后旅程》(*L'ultimo viaggio di Glenn*,1999)、《为了一秒钟或一个世纪》(*Per un secondo o un secolo*,2003)、《贞德和她的替身》(*Jeanne d'Arc e il suo doppio*,2008)、《尘土飞扬的生活》(*Vite pulviscolari*,2009)、《马拉斯皮纳》(*Malaspina*,2013,获巴古塔奖)、《似是而非地且吃力地》(*Paradossalmente e con affanno*,2017)、《分离与休战综合症》(*Sindrome del distacco e tregua*,2019)、《梦的盒子》(*La scatola onirica*,2024)。2016年出版了一部诗歌创作合集《1963—2015年诗选》(*Poesie 1963—2015*)。他还发表过包括司汤达、福楼拜、普雷维尔、马拉美和巴尔扎克等人的作品在内的多部译作。库奇以其客观简约的风格著称。

"依然是她,阴影"

依然是她,阴影。
谁知道我为何引领你
进入我的脑海,我的紊乱:
你是我的楷模和庇护所,
船长是太阳和眼睛
盾牌中央的岛屿。米兰
一辆马车驶向,剧院
意大利,新开张的影院——
"幸福":脆弱的对立面。
上面的格言赫然在目:
"从此以后再无以后
也不再属于我。"

选自《游戏女人》,蒙达多里出版社,1980

1967 年的春天

虽然这是不被允许的,

我想谈谈某个春天的早晨。

阴雨绵绵,天空确实灰蒙蒙的。

老妪,年轻主妇,骑自行车的老人

穿过郊区。

食品店。也许这是令人愉快的。

(夹克不允许我走得从容。

忧郁

挫败感打击了我恶意

  微笑的欲望)

虽说这当然不被允许,

  我还是想说,现在是春天。

也可能是死亡的最佳时机。

选自《似是而非地且吃力地》,艾诺迪出版社,2017

"诗歌有沉重的文字"

在这些显得轻盈灵动的
陌生的书页中
诗歌有沉重的文字。
它们几乎坚不可摧,
五彩斑斓,迷惑
我们陈旧的纸质思维。
谁知道在这金碧辉煌的
租来的房子里,
它们会不会找到一个永久
友爱的居所,生命因此
焕然一新。
我想是的,因为诗歌
要求散布开去,在世界上
轻盈而平坦地行走,
世界对此或许一无所知,
但却虚席以待。

选自《分离与休战综合症》,蒙达多里出版社,2019

费德里卡·玛丽亚·达马托

费德里卡·玛丽亚·达马托(Federica Maria D'Amato),1984 年 6 月 2 日出生于阿布鲁佐大区的波波里(Popoli),当代意大利诗人、作家和博物馆馆长。已出版多部诗集,包括《悲伤》(*La dolorosa*,2008)、《致科米托的诗》(*Poesie a Comitò*,2011)、《三十岁》(*Avere trent'anni*,2013)和《模仿水》(*A imitazione dell'acqua*,2017)。她还出版了散文集《爱的条款》(*I termini dell'amore*,2016)、书信体散文集《给父亲的信》(*Lettere al padre*,2017)、短篇小说集《一年倒计时》(*Un anno e a capo*,2017)。他还编辑并翻译出版了汤姆·卡弗(Tom Carver)的《你死哪儿去了?》(*Dove diavolo sei stato?*,2012)和拉蒙·鲁尔(Ramon Llull)的《朋友与爱人之书》(*Libro dell'amico e dell'amato*,2016)。她的最新诗集《去程的山》(*La montagna dell'andare*,2023)获得了 2024 年斯特雷加(Strega)诗歌奖提名,并入围卡马奥雷(il Camaiore)等著名文学奖的决赛。达马托以善于凭借其有力而引人入胜的语言探讨身份、爱情和人性弱点等主题而著称。

电视时代,我生为拜占庭人

电视时代,我生为爱的分词中
血统高贵的拜占庭人
饥饿宇宙中的残余生物
爱饥渴而卑劣的兽性饥荒之生物
很快,我就成为不朽的异教首领
希望的逃亡
匍匐在我脚下的全体乞丐
我被迫成为平凡的玫瑰。

选自《三十岁》,亚涅里出版社,2013

"你是钢琴,我是"

你是钢琴,我是
聆听巴赫的女孩
当爱拓宽了沙漠,
用你的名字在死亡与死亡之间
雕刻手掌,死亡唱响生命
逝去之日的
第一声噩耗。
那个词,亲爱的,出自
寂静的羊皮纸,
三十个许诺的总谱,
当沉默者沉默,因为该说的话
已说完,再也不会想起你。
在房间的摘要中
一个音符仍在为你奏响。

选自《模仿水》,侬泰薄出版社,2017

"来吧,随我一道去面包居"

来吧,随我一道去面包居
我会予你安慰
一粒面包屑,足以报答
你的手落在我手上的体面。

选自《三十岁》,亚涅里出版社,2013

克劳迪奥·达米亚尼

克劳迪奥·达米亚尼(Claudio Damiani),1957年出生于圣乔瓦尼·罗通多,是一位才华横溢的意大利诗人。年轻时移居罗马,1978年在阿迪利奥·贝托鲁奇(Attilio Bertolucci)的帮助下,在《新话题》(*Nuovi Argomenti*)杂志上发表了处女作。其主要作品有:《福尔图诺》(*Fraturno*,1987)、《我的家》(*La mia casa*,1994,获达里奥贝莱扎诗歌奖)、《矿山》(*La miniera*,1997,获梅塔乌洛文学奖)、《英雄》(*Eroi*,2000,获蒙塔莱奖诗歌奖)、《篝火旁》(*Attorno al fuoco*,2006,获马里奥·卢齐文学奖)、《梦见李白》(*Sognando Li Po*,2008,获莱里西皮阿文学奖)、《城堡上的无花果树》(*Il fico sulla fortezza*,2012,获阿伦查诺文学奖)、《天堂的天空》(*Cieli celesti*,2016,获蒂林南齐文学奖)、《恩底弥翁》(*Endimione*,2019,获卡尔杜奇文学奖),《出生以前》(*Prima di nascere*,2022,获维亚雷焦文学奖)。达米亚尼的作品风格简洁自然,深受奥拉奇奥(Orazio)和帕斯科利(Pascoli)等经典诗人的影响。1980年,他与萨尔维亚(Beppe Salvia)等其他作家共同创办了文学杂志《布拉齐》(Braci)。作品被译成多种语言。

"现在回想起来,当我还是个孩子时"

现在回想起来,当我还是个孩子时

我是如何全然地爱着,

我是多么确信我爱的人是一个天使,

我也是天使,

我们是多么平等,

(而她比我更平等)。

现在我不会说:这一切都是假的,

因为生活变了,生活改变了我;

现在我要说:那一切都是真的。

我们生来是天使,全心全意地去爱,

以我们爱的全副心意,像不谙世事的

孩子一样坠入爱河

然后全然死去。

选自《矿山》,法奇出版社,1997

"我们此生何为?"

我们此生何为?
我们一无所知,但我们一道前行,
让我们保持道路清洁,
与父母和孩子,
与大地、自然和宇宙同行。
每一个生命,哪怕是无生命的生命,都肩负着
存在的重量及其奥秘,
他肩负着这一切,
像一个英雄,像一只蚂蚁,肩负着比自己更重的担子,
在雪地里行走,在暴风雪中沉沦,
慢慢向前,费力跋涉,
但他迈开步伐,毫不气馁,
冰冷的风吹在他的脸上,
但他奋力前行,
怀疑笼罩着他,但他奋力前行,
有一种力量支撑着他,
让他找到了道路,
那里,一切都是白色的,
那里,每一条路都被埋葬。

"是的,有一种力量在指引方向"。
李白坐在一根被肆虐的暴风雨
摧折的旧木头上说道。
风暴暂时平息。
李白高声说道,
无人倾听他的声音。

选自《梦见李白》,马里耶蒂出版社,2008

"总是醉生梦死"

总是醉生梦死

就该这么着

正如海亚姆[1]所言

或者目睹天空之美

终年陶醉

终年相爱

终年歌唱心上人

就该这么着

就像彼特拉克那样

对痛苦熟视无睹

或者只看到痛苦和祷告

或者

帮助他人

无暇思考

或者,目睹事物及其美好

---

[1] 海亚姆(Omar Khayyām,1048年5月18日—1131年12月4日),一译莪默·伽亚谟,波斯诗人、天文学家、数学家。《鲁拜集》的作者。19世纪,英国作家爱德华·菲兹杰拉德(Edward Fitzgerald)将《鲁拜集》翻译为英文,从而使海亚姆声名远播。——译者注

以及它们的流动,它们的真实

与不真实,为他物所感动

看不见,摸不着

亦非不可见,存在

又不存在,流动

或者说奔跑和追逐

日日夜夜心心念念都是他

醉生梦死都是他。

本诗为首次发表。

米洛·德·安吉利斯

米洛·德·安吉利斯（Milo De Angelis），1951年6月6日出生于米兰，意大利诗人、作家、文学评论家和翻译家。1976年出版处女作《肖似》（*Somiglianze*），标志着意大利当代诗歌的重要转折。他的主要诗集包括《毫米》(*Millimetri*, 1983)、《视觉的大地》(*Terra del viso*, 1985)、《遥远的一位父亲》(*Distante un padre*, 1989)、《简历》(*Biografia sommaria*, 1999)、《永别主题》(*Tema dell'addio*, 2005，获维亚雷焦文学奖)、《走在黑暗的庭院里》(*Quell'andarsene nel buio dei cortile*, 2010)、《遭遇和伏击》(*Incontri e agguati*, 2015)和《实线、虚线》(*Linea intera, linea spezzata*, 2021)。德·安吉利斯以其片段式和幻想式的写作风格著称，其特点是语言密集且具有象征意义。他还翻译了拉辛、波德莱尔、布朗肖、埃斯库罗斯、卢克莱修和维吉尔等作家的作品。他作为《尼埃布》(*Niebo*)杂志的创办人，为意大利文坛做出了卓越的贡献。目前生活居住于米兰，并在一所戒备森严的监狱任教。

双　步

这里，在陀螺和会说话的猫之间，在这个玻璃
波动起伏的房间里，童话曾护佑过我们，
就在这里，沙漏空得更快了，
在昔日翻过七个筋斗的红色地板上，
童年的海洋突然干涸，
死寂的语言在我们煅烧的双手中磕磕绊绊，
而昨日，它们尚是泉水和春天，纸张和墨水，
就在这里，末日不期而至，单单窥视着我们，缄默，
在岩盐的气息中缄默。

就让我们保持沉默吧，我小小的爱人，
让我们解开鞋带，摘下皮手镯：
我们会关上门，走下去，走下去，
以我们在隐秘地带寥寥数载的经历，它召唤着我们
当地板染上夜的颜色，
我们将双双同行而下，唯有你我，将生命
遗落。

选自《实现，虚线》，蒙达多里出版社，2021

尼米尼

你坐上14号电车,并注定要在你千百次
丈量过,却并不真正知晓的
时间里下车,
你仰望电线的流动,俯视潮湿的沥青路面,
沥青路面接受着雨水的洗礼,从深处发出呼唤,
在一阵不属于这个世界的气息中聚拢我们,然后你
看看手表,冲司机打招呼。一切如常,
但却不属于这个世界,你用手掌
擦拭玻璃上的蒸汽,扫视轨道上奔跑的
幽灵,当你冲着匆匆走下两级台阶
一身紫红色的她微笑,你随手打了个手势,
看似问候实则永别。

选自《实现,虚线》,蒙达多里出版社,2021

镜像隧道

可怜的旗帜迎风飘摆,父亲
和两个小弟弟买了碰碰车票,
玩起了游戏,遭遇了一次
永恒的碰撞,他们目睹方向盘上的
裂缝在扩大,标牌的斜光,
被击中的影子。你进入镜像
隧道,你是孤独的,没有人在出口等你,
你是孤独的,你眺望着外面七叶树的力量,
聆听着轻快而永恒的音乐,观察着
木制小舞台上舞蹈家们的新故事,
你在玻璃上描绘沉入伊德罗斯卡洛河[1]水中的
尸体的古老故事,迷失方向的
爱情,审视你,等待你的夜晚。

选自《实现,虚线》,蒙达多里出版社,2021

---

1 伊德罗斯卡洛湖(Idroscalo),意大利米兰的一个人工湖,最初为水上飞机的停靠站。于1930年10月28日开放,当时正值水上飞机的鼎盛时期。而今已成为城市休闲和户外活动地。

比安卡玛丽亚·弗拉博塔

比安卡玛丽亚·弗拉博塔(Biancamaria Frabotta,1946—2022),意大利诗人、散文家,出生于罗马。1976年推出处女作《女人气的》(*Affeminata*),随后出版了《白色的喧嚣》(*Il rumore bianco*,1982)、《飞行笔记及其他》(*Appunti di volo e altre poesie*,1985)、《室内伴唱》(*Controcanto al chiuso*,1991)、《长途跋涉》(*La viandanza*,1995,获蒙塔莱诗歌奖)、《接壤地带》(*Terra contigua*,1999)、《面包工厂》(*La pianta del pane*,2003)、《出自凡人之手》(*Da mani mortali*,2012)和《朝着正确的方向》(*Per il giusto verso*,2015)等重要诗集。2018年推出《清空头脑:1971—2017年诗全集》(*Tutte le poesie 1971-2017*),收录了其一生中的大部分诗歌作品。弗拉博塔曾在罗马上智大学教授意大利现当代文学,并积极参与20世纪70年代的女权运动。她的诗歌以融合激进的女权主义和有教养的抒情风格而著称,探讨的主题包括女性身份和社会正义等。

"我的丈夫有一颗慷慨的心"

我的丈夫有一颗慷慨的心
就像馈赠第一首诗的神一样。
夜晚,他不会把被子拽到
胸口上,他的毛发不会刺痛我。
醒来后,他想加入太阳和饥饿
纠缠不休的无名合唱团。
我的丈夫不相信黑暗时刻,
在他面前,我感到羞愧。
我也为羞愧而感到羞愧。
我的丈夫不信任黑暗的事物。
所以,为了对得起他的爱,我要改变风格,
为了他,我将保留清晰的事物。

选自《清空头脑:1971—2017年诗全集》,蒙达多里出版社,2018

"仿佛睡意,彼此"

仿佛睡意,彼此
劫掠,黑暗中十指相扣,
它们用脚趾触碰对方,
想着——两极在黑夜的
中心相触。
它们中的一个已经梦到了另一个。
比起预感,它们更易于感染
夫妻之爱进入梦乡,
手牵手,生命环绕,
仿佛为了一场舞蹈,而另一个
生命压在被挪动的大门上,
将门压弯。两个人都在左侧。
黎明唤醒了他们一星半点的兄弟情谊。

选自《清空头脑:1971—2017年诗全集》,蒙达多里出版社,2018

"我不在乎我自己,只在乎"

我不在乎我自己,只在乎

你,日日夜夜

像坐立不安的母亲

像最最乏味的新娘

而你,我亲爱的宝贝涂层

理所当然地反抗每一种润肤露

你不公正地虐待我。你一天天

老去,一点一点地惩罚

我隐约截断时间

奔跑的自负。

哦,是的,我要赞美你的理想

诗人歌颂的最高美德

然而,在良知的光辉下

我瞥见你紧紧抓住枷锁

它征服了我们,却又将你

变成趾骨、薄膜和神经

失去和谐,沦为

肢解心灵与肉体的

亲密共存的遥远的

乌托邦,共同的辅音本质的

乌托邦,这与让原本优雅的手指

变得麻木的关节病的折磨无关

隐秘的血管以不同的

方式膨胀,从皮肤

被埋葬的胭脂红浮出水面

它们说着某种通用语言

从手掌上,从背上

挖掘生活的语言、经验

和遗忘的刺绣。

选自《清空头脑:1971—2017年诗全集》,蒙达多里出版社,2018

加布里埃尔·加洛尼

加布里埃尔·加洛尼(Gabriele Galloni)(1995年6月9日—2020年9月6日),罗马诗人,其诗歌以情感细腻与深邃而享有盛誉。2017年凭借诗集《滑动》(*Slittamenti*)崭露头角。其主要作品包括诗集《将在何种光芒中陨落》(*In che luce cadranno*,2018)、《短暂的造物》(*Creatura breve*,2018)、《世界之夏》(*L'estate del mondo*,2019)、《日本之梦》(*Sonno giapponese*,2019)、《节日之兽图鉴》(*Bestiario Dei Giorni di Festa*,2020),以及短篇小说集《保障性住房上的月亮》(*La Luna Sulle Case Popolari*,2022)。加洛尼(Galloni)常常以忧郁且自省的笔调,探索死亡、人类的脆弱与生存等主题,其诗歌创作的场景常设定在他心爱的罗马街区以及拉齐奥海沿岸。他曾与《潘盖亚》(*Pangea*)杂志合作,负责"末日纪事"专栏,采访绝症患者。他的最后一部诗集《在肉体与灵魂的岸边》(*Sulla riva dei corpi e delle anime*,2023)在其死后出版。

"你会问,那些海域的"

你会问,那些海域的
树叫什么名字,那些枯萎的树,
树枝像伸出的手,
乞求无形的施舍。

叫松树什么的,我说;其他的我就说不上来了。
但而今,树木这般繁多;一路
绵延至沙滩,我们自山巅
徐徐下行;对于脚步

我们只求一路,
顺畅无绊;倘若
初次约会,便可月下
相偎,夫复何求?

此刻——夜色深沉——并非二零二零年。

选自《世界之夏》,马可·萨亚出版社,2019

"它是今生的另一个新生命"

它是今生的另一个新生命,
这幅躯壳里依然是另一个身体。

你随我至潮退之地,而后折返;一个
空瓶子刚好浮出水面。
虽是夜晚,海滩上却人潮涌动,
所以我很难听到你的声音。

我们抵达沙丘。芦苇丛后面
有一条小路;通往
旧肥皂厂。
篝火的光照不到这——
也没有丝毫声息。

我年方十三。自此,世间
一切应晓之事,应为之事,我将明了。

因为今生是另一个新生命,
每个身体里都藏着另一重身体。

选自《世界之夏》,马可·萨亚出版社,2019

"情人们快乐、高兴、无忧无虑地"

情人们快乐、高兴、无忧无虑地

逃离,在这个夜晚,

春天的夜晚。

在绿色的林间,在荒芜的草地上,

月亮在天空一动不动地注视着他们,

贞洁的母亲,

她年幼的

孩子们没有面纱的妖娆。

到处都是悦耳的声音,

缓慢的,光和风的

琶音:

最轻盈、最快乐的哀乐。

夏天近了。孵化的河水,

在芦苇的阴影中,

暗吻

没有记忆。光的倒影。

选自《保障性住房上的月亮》,奇普纽艺术出版社,2021

毛里齐奥·格雷戈里尼

毛里齐奥·格雷戈里尼（Maurizio Gregorini），1962年5月26日出生于罗马，诗人、作家、散文家、记者、电视和广播主持人。他的主要作品包括传记散文《达里奥·贝莱扎的邪恶》（*Il male di Dario Bellezza*，1996年），该书于2006年获得"曼加里布里奖"（Premio Mangialibri）的"最佳性价比"类奖项。其他重要的出版物包括诗集《荆棘印记》（*Sigillo di spine*，2017），该作品获得了古皮尔戈斯国际文学奖评委会特别奖（Premio Speciale della Giuria del Premio Letterario Internazionale Antica Pyrgos）。他的小说《雪与血》（*Neve e sangue*）具有强烈的反思意识和诗意。格雷戈里尼以其抒情而深邃的风格著称，作品长于探讨爱情、死亡和身份认同等主题。

爱情故事

爱情故事盛开
在首都的街道上，
无处不在的机枪扫射
那是民众在夜间
掀起战乱。

只有故事
在身体里相互碰撞
然后自行抛入
刹那的虚空

选自《荆棘印记：1976—2013年诗选》，卡斯特尔韦基出版社，2017

"所有爱的星辰"

所有爱的星辰

都充满了这股温暖的气息

让你撕心裂肺的双眼

放肆地穿越

贸然确信一切已成为历史

选自《荆棘印记:1976—2013年诗选》,卡斯特尔韦基出版社,2017

"鸟群交织在一起"

鸟群交织在一起。

它们讨论着即将到来的季节。

锁定在无敌的座位上,

蜘蛛将新欢置于死地。

非比寻常的形式决定废除

尘世的天际线,

而我们,从万物中诞生。

以囚徒之身困于此地,历经千年。

从未逃脱生命的残酷撕咬。

选自《荆棘印记:1976—2013 诗选》,卡斯特尔韦基出版社,2017

伊阿古

伊阿古（Iago），原名罗伯托·索尼诺（Roberto Sannino）。意大利诗人和雕塑家，1968年出生于罗马。四十岁左右开始投身诗歌写作，放弃工作，专注于艺术创作。他的主要作品包括诗集《完美的不在犯罪现场证明》(*L'alibi perfetto*，2016)、《纸墨音乐会》(*Concerto per carta e inchiostro*，2018)《赤脚家庭》(*La famiglia dello scalzo*，2020)、《连猴子也恨泰山》(*Anche le scimmie odiano Tarzan*，2022)、《迦太基必须毁灭》(*Carthago delenda est*，2024)和寓言故事《羚羊王》(*Il re delle antilopi*，2024)。伊阿古擅长现场表演，他通过与观众的互动来创作诗歌。其作品曾多次获奖，包括凭借《从石头到镜子》(*Dalla pietra allo specchio*，2019)获得都灵乔万内·霍登奖特别评论家奖（Premio Speciale della Critica al Giovane Holden di Torino）等。

月之皎皎

在这缓慢的夜之衰落中

我接受判决

与日常角色分离

如今你已远去，知晓了其他的样子

我不知道如何引导你

在包括我们在内的爱的怀疑中

留给我的，只有最后的会面

被锁在记忆的柱子上

以免它们坠入

失落的经验之井

心的雪耻之所

你的缺席让戒指感动

金属声近乎幻想

此番黑暗以过去的魔力为食

我在你眼中读到光的音节

而现在我正日渐消失

带我回到那些日子

幸福曾是饥饿的帮凶

现在像恶魔一样复仇

节食太久

选自《多元宇宙》,埃塔·贝塔出版社,2020

歌声

西洛可可发脾气,摇摇晃晃,衣衫不整
一个近乎女人的想法
远离一切,甚至远离自己

她是一个小小的神灵
没有追随,没有归属
她是深渊王国唯一的神灵

泡沫在海岸上滑行
大海的纬度描绘出新的路线

贝壳珍视缄默
大自然智慧的馈赠
而辽阔的大海却在黏土
屏障之下自我封闭
缓和了
寻觅女性魅力的塞壬的召唤

本诗为首次发表。

天真

我见过冰冷的脚步走过的街道
而怀旧的幻象俘虏了人类的意志
在悲叹之屋,陌生人发出光芒
拒绝了购买的建议

冬天降临在最好的种子上
美好的歌声在葡萄中反抗
谁会在下一次收获时践踏它?

生命的子午线在颤抖
算法决定谁生谁死
就连蜜蜂也不确定是否在花上停留
私人时间购自意见市场
梦想在枕边寻求庇护

我们是歇斯底里的无聊的受害者
而这种无聊还保留着孩子式的新鲜感
他微笑是因为他还一无所知

法律强加

战争摧毁

爱,无往不胜

选自《连猴子也恨泰山》,鹈鹕书局,2017

薇薇安·拉马克

薇薇安·拉马克(Vivian Lamarque),1946年4月19日生于意大利特塞罗(Tesero),当代意大利女诗人、作家和翻译家。她在米兰长大,十岁开始写诗。她的第一部诗集《特雷西诺》(*Teresino*,1981)获得了维亚雷焦处女作奖(Premio Viareggio Opera Prima)。她的主要作品有:《金色的领主》(*Il Signore d'oro*,1986)、《给她的诗》(*Poesie dando del Lei*,1989)、《一粒安静的尘埃》(*Una quieta polvere*,1996)、《冰之诗》(*Poesie di ghiaccio*,2004)、《献给猫的诗》(*Poesie per un gatto*,2007)、《夜之诗》(*Poesie della notte*,2009)、《冬之母》(*Madre d'inverno*,2016)和《爱如老妇》(*L'amore da vecchia*,2022),曾获斯特雷加诗歌奖(Premio Strega Poesia)。拉马克的诗其简洁而深刻,以轻松和讽刺的笔调触及普遍性的主题。她曾翻译过拉封丹、瓦雷里、普雷维特(Prévert)和波德莱尔等人的作品。

樱花树

孩子们,你们瞧

它是樱花树

它是樱花树上最高的枝桠

它身处繁樱千树之地

樱花仿若飞鸟之地

樱花烂漫生欢之地

它是红色的樱花

瞧瞧它

瞧瞧它,她失了容颜

选自《诗选1972—2002》,蒙达多里出版社,2002

"但在来世"

但在来世

没有人会把我们分开

我们将是两颗平等的雨滴

没准儿,我们是两只生着翅翼的果蝇

两只缓慢而快乐的蜗牛

或是彗星两端闪亮的星角

我们将是两颗圆圆的土块

或是两只游荡的昆虫

一前一后

我们走啊走

我们走啊走

我们将在两扇紧闭的窗玻璃上兜圈子,而一旦窗户打开

我们会慢慢飞向高远的天空

她会不时地兜圈子

留心我是否也在那里

我会的,我会在那儿,我的灵魂

选自《诗选1972—2002》,蒙达多里出版社,2002

这些贝壳

我捡到的这些贝壳

将会是我们

平复,光滑的我们

绚烂的色彩

不复有痛苦

把耳朵放在我们身上

好倾听

大海

发出的声响

选自《诗选 1972—2002》,蒙达多里出版社,2002

瓦莱里奥·马格雷利

瓦莱里奥·马格雷利（Valerio Magrelli），1957年1月10日出生于罗马，意大利诗人、作家、法国语言文学专家、翻译家和文学评论家。早年毕业于罗马大学哲学系，在罗马三大教授法国文学。1980年出版了首部作品《视网膜闭合时刻》（*Ora serrata retinae*），随后又出版诗集《性质和纹理》（*Nature e venature*，1987）、《类型学练习》（*Esercizi di tiptologia*，1992）和《一家报纸读物解说》（*Didascalie per la lettura di un giornale*，1999）、《1980—1992年诗选》（*Poesie：1980-1992*）、《诗作别录》（*Altre poesie*，1996）和《豚鼠》（*Le cavie*，2018）。他的散文作品包括《在肉食公寓》（*Nel condominio di carne*，2003）、《副生活：火车和乘火车旅行》（*La vicevita. Treni e viaggi in treno*，2009）、《告别足球》（*Addio al calcio*，2010）和《父亲的地质学》（*Geologia di un padre*，2013）。马格雷利的诗以反思和讽刺著称，作品探讨的主题包括感知、记忆和身份。其作品曾多次获奖，包括维亚雷焦奖（Viareggio Prize）和费尔特里内利奖（Premio Feltrinelli）。

拥抱

你睡在我身旁,我身子轻俯,

贴近你的容颜,坠入梦乡的深渊。

犹如从灯芯

到灯芯,传递火种。

两缕微光伫立,

而火焰逝去,睡意列队袭来。

而当梦的队列震动,

地窖里的锅炉

下面燃烧着大自然的化石,

史前的记忆在最深处燃烧,那逝去的

泥炭,曾被淹没,又在岁月里发酵,

于我的暖气管中复燃。

在石油晕染的幽暗中,

小小的暗室是一个

被有机沉积物、火焰和熔岩加热的巢穴,

而我们,恰似灯芯,是那支古生代火把上

跃动的两条舌头。

选自《暗号操练》,蒙达多里出版社,1992

诗人之家

我们如此相爱，

但每一次碰撞都是一道电闪雷鸣。

在这命运系紧的

小袋子里，我们

紧紧相依，

每一刻都不曾分离：

爱如此强烈，

每一次碰撞，心都"突突"直跳！

在我们之间，黑夜永不降临，

只要彼此触碰，总有一道闪光

乍现，将我们照亮。

我们相爱，

但这耀眼的爱

有时会发烫。

我们是燧石般的

一家人。

选自《二进制的干扰》，艾诺迪出版社，2006

"有可能活着走出暮年吗?"

"没有什么比与逝者对话更有诗意的了。"
——乔万尼·帕斯科利

是的,但如果逝者彼此交谈,而对你视而不见呢?

有可能活着走出暮年吗?
然后我照镜子,
我看到父亲和母亲,
他们居住在我的脸上,
争论不休。
这么说你们还没离开!
我心想,看着他们探出头来,
在我的脸上嬉戏,
在面容的纹路间穿梭。
那就捉迷藏吧……
也许他们在彼此寻觅中
自得其乐,
而我孤身一人,被排除在外,充当着舞台,
供已逝的恋人嬉戏,

如同死寂的空间,任由他们在此谈情说爱。

至少,我还派得上用场,

倘若我心爱的幽灵们

在我的双眼、

鼻子、额头、下颚之间

赴约相聚,只为再度相爱。

选自《前女友》,埃诺迪出版社,2022

马特奥·马尔切西尼

马特奥·马尔切西尼(Matteo Marchesini),1979年出生于卡斯特弗兰科-艾米利亚(Castelfranco Emilia),意大利诗人、作家和文学评论家。著作包括:长篇小说《失误行为》(*Atti mancati*,2013),获域外奖(Lo Straniero),入围斯特雷加奖(Strega)、批评文集《从帕斯科里到布西》(*Da Pascoli a Busi*,2014)、《纸牌屋》(*Casa di carte*,2019)、《豚鼠日记》(*Diario di una cavia*,2023),诗集《婚礼进行曲》(*Marcia nuziale*,2009)、《没有历史的编年史》(*Cronaca senza storia*,2016)和《大自然的恶作剧》(*Scherzi della natura*,2022),短篇小说《虚伪的良心》(False consciences,2017)、《个人神话》(*Miti personali*,2021)和《启动仪式》(*Iniziazioni*,2024),此外,他还与吉多·阿梅里尼(Guido Armellini)、阿德里亚诺·科伦坡(Adriano Colombo)和路易吉·博西(Luigi Bosi)合作编写了一本高中教材《意大利文学史》,由赞尼切利出版社(Zanichelli)出版。

眼　镜

多年来,在黑暗中,当我一无所知,或几乎一无所知时,

同样的双手以那熟知的温柔

摘下我的眼镜,

明知没有未来,

还带着一丝对我的嘲讽,

因为我总是一次次地,哪怕在爱意中

也会忘记眼镜还戴在脸上。——是的,尽管面孔

不断变化,那同样陡峭的手,

同样的心,多年来同样的

小心翼翼,收起我的眼镜,

放在床头柜上、地板上、床上,

放在光秃秃的一边,或玻璃杯上,或一本

不起眼的诗人的书上——然后是经年累月同样

温热的发丝(更多时候是卷曲的,

而要是我没看错,也会是顺直的)

冷不丁地垂落在我胸前,

就像一阵风突然袭来,但转瞬即逝。

就这样,带着同样的

转瞬即逝的嘲讽,带着同样明知没有

未来的温柔,

在未来,会有一只手(粗糙的,和无数只手并无二致)

从我的视线所及的黑暗中

摘下那副旧眼镜,让爱与盲目愈发相似。

选自《没有历史的编年史》,艾略特出版社,2016

更多的光

这是那些夜晚中的一个,
斜射光似乎是永恒的,
当夜幕降临欧洲的城市上空,
人们在此亲吻,多年来仅靠
这些吻的神话而生存。

他坐在台阶上,手伸向
她的后背,表示他不想
抛弃她,也不想把她抱得太紧
或中止一场颤抖,
她蹲在他身边,双腿
抵住下巴,
用颤抖来掩饰悔恨,
用悔恨掩饰欢乐,
就像臃肿或带血的肚皮。

最近几个月,欧洲城市里的
石头都是温热的。
附近,萦绕着台伯河或施普雷河

波河大道[1]或圣马丁运河,

或许还有古老的阿尔诺河。

"在一个更为公平的世界里,"两人中的一位

突然说道,勉强挤出一丝笑意,

"会有足够多的生命

看清他们的去向。

在其中一个(生命中),也许我们身后的

大楼里会有一个门铃,

我们可以照顾两个孩子,

他们生着不知会是绿色还是黑的眼睛,

我们会在床单里发现

一只大狗的毛发。"

"但在一个

更加公平的世界里",两人中的一个不假思索地

回答道,

"我们将永远拥有这样的生活

永远不会怀念

其他与我们擦肩而过的生活,

---

[1] 原文为"un Lungopò","Lungopò"特指波河沿岸城市中与波河河岸相邻的道路名称。——译者注

只需一只手就能抓住它们，

像扔鱼一样把它们扔回水中：

我们会像眼下倾听河水一样倾听它们，

然后，一个世纪中有那么几次，

两次，或是三次

我们会用一种忘却一切的爱，

久久地注视着其中的

一个物体，

什么也不需要，

好让它独自安好，而非凋零。"

当他们谈起这件事，他们知道，在那些世界里，

他们将不再是他们；他们还知道，

直到今天，他们

也不会谈论它。

但现在是时候了，欧洲的城市

将重新成为童年的抽象名字

或乏味的死亡之屋。

这是一个没有韵律和隐喻的时代。

事物重新成为事物，

夏日之歌成为乌托邦，

每个酒店客房里都能看到的

大片成了希望的所在。
他们看到的只是一个绝对的
恒星般的现实的前厅:
区区数小时,
他们会回到其他城市和房间,
那里会有人照顾他们,以严厉的仁慈
原谅他们,
就像对待小狗一样。

然而,世界依然没有失去
它的光环,依然没有反抗:
即使现在也没有,生命
有了明确的形式、期限,
温暖的石头,温热的皮肤,
讽刺的句子,痛苦的吻,
于是他们
不再是他们:
每个季节
都会爱上不同的海市蜃楼,
也许他们从未爱过任何东西,
因为真爱是无法
回头的,

并像梦境一样独自诉说。

但如果是这样,请你们以同等的宽容
看待她和他,
总有一天会到来的你们:
猝不及防,
他们误以为欧洲城市的
最后一束光不会熄灭。
倘若某一天,你们浏览他们的智能手机,
毫无鄙视之意,你们
盯着孩子们的皱纹,
他们不经意间触动按钮,
就能看到整个世界的影子,
孩子们的颤抖。
对他们而言,万物一下子大白于天下,却一无用处,
而在清晨时分,为了在梦中成为英雄,
电车在空荡荡的城市中穿行。

选自《大自然的恶作剧》,红色手提箱出版社,2022

一位患者

我懂得描述一切,
除非它发生在我的身上。
在医生面前,我结结巴巴地
抚摸着自己,就像在黑暗的房间里,
凭借着嗅觉,
探寻着怪物的气息那样
小心翼翼地前行。

我的身体是你们的:
你们所有接触它的人,
或出于爱,或因交易,或出于偶然。
我的(身体)唯有恐惧。

选自《大自然的恶作剧》,红色手提箱出版社,2022

克劳迪奥·马鲁奇

克劳迪奥·马鲁奇（Claudio Marrucci），1986年出生于罗马，意大利诗人、作家和翻译家。毕业于比较文学专业，拥有卡斯蒂利亚语言文学专业硕士学位和社会科学领域的博士学位。他的主要作品包括小说《让我们假设这棵树会说话》（*Ammettiamo che l'albero parli*，2016）、诗集《秋日阳光》（*Soli d'autunno*，2022）和《迈尔斯——诗歌现场》（*Miles-Poesie in presa diretta*，2016）以及文学评论集《安东尼奥·威尼斯阿尼》（*Antonio Veneziani*，2008）。此外，他还出版了《幽灵：从梅萨利纳到乔治亚纳·玛西》（*Fantasme-da Messalina a Giorgiana Masi*，2021），这是一部探讨历史和传奇女性人物的作品。马鲁奇的作品探讨身份、记忆和灵性等主题。他曾将古巴著名作家雷纳多·阿里纳斯（Reinaldo Arenas）和英国作家D.H.劳伦斯等作家的作品翻译成意大利文。

"请听小号的黄色声音,还有古提琴的红色声音"

请听小号的黄色声音,还有古提琴的红色声音。
感受黄色的忧郁和愤怒,以及红色的爱与乡愁。

我曾想写一首诗,用上彩虹的所有颜色。
但自你离开后,我听到的唯有黄色和红色的旋律。
或许你会觉得我的话毫无意义。
然而,当你聆听爵士乐时,你不会去苦思冥想它遵循何种韵律。
相反,你听凭自己醉心于音乐,为情感所诱惑。
听听这首歌,听完后,就把唱片扔掉,
然后忘掉这首歌的作者和歌名。

选自《迈尔斯:诗歌现场》,融纸出版社,2016

"城市是雨,城市是泥"

城市是雨,城市是泥。
城市是你被黄昏遮住的脸。

一丝微光在窗帘间闪现。
你的身体因缺席而颤抖。

城市是这眼睛和楼梯的粮仓
就像你的轮廓一样静止不动。

请帮我轻声呼唤你的名字。

你的身体勾勒出我们过去的影子。
在这座充满回忆的城市里,我怀念空虚。

城市凝视我,观察我,静静等待。
而我……我再也看不到黎明的曙光。

请帮我轻声呼唤你的名字。

选自《联合制作》,卡诺瓦22文化协会,2024

♯物性论♯时间之箭[1]

你身体的

味道

如此遥远

我的双眼

勉强

记得

言语

无法重现

---

[1] 原诗标题为"♯De Rerum Natura ♯La freccia del tempo","♯"符号意指社交软件上的标签,旨在暗示诗歌"秋日:理想之城"中的主题路径。这首诗包括两个主题路径:其中一个主题路径为"♯物性论"(♯De Rerum Natura),既关涉诗歌,也关涉哲学,从而直接引用了古罗马哲学家卢克莱修(Tito Lucrezio Caro, 98 BC - 55 BC)的诗体哲学著作《物性论》(De Rerum Natura)一书的标题;另一个主题路径为"♯时间之箭"(♯La freccia del tempo),该路径关乎熵的物理定律。在语言学层面,卢克莱修在其《物性论》中将希腊语中的"physis"译成了拉丁语中的"natura",从而在意大利语当中产生了同义的两个词:"Fisica"(源于希腊语词根)和"Natura"(源于拉丁语词根)。——译者注

那言语

摧毁之物

选自《秋日:理想之城》,盍桑姆博出版社,2022

马可·马斯乔维奇奥

马可·马斯乔维奇奥（Marco Masciovecchio），1967年10月5日出生于罗马，意大利当代诗人。长期生活和工作于罗马，2023年出版首部诗集《聊胜于无》（*Poco più di niente*），由盎桑姆博出版社（Ensemble Edizioni）出版。这部作品由雷佐·帕里斯（Renzo Paris）作序，由朱塞佩·切尔比诺（Giuseppe Cerbino）撰写评语。诗集中的作品通过自然和隐喻形象探讨了生命、死亡和重生的永恒循环。马斯乔维奇奥以其抒情和奇幻风格著称，反映了理想和人类适应能力之间的张力。其诗歌深受评论界的好评，论者对其将罗马诗歌传统与某种当代感性相结合的能力大加赞赏。

"碎片从天而降"

碎片从天而降,

暗夜中的碎玻璃,

我寻觅你的双手

以盲目的双眼

我品尝你

缺席的嘴唇,

生长的影子

编织着它的网

香烟的烟雾

火炭的红点

我独自一人,赤身裸体

就像我出生时一样,被十字架的重负

压得粉碎

选自《聊胜于无》,盎桑姆博出版社,2023

"台伯河的气息吹拂着我的脸颊"

台伯河的气息吹拂着我的脸颊

令人作呕的愤怒

西斯托桥上人来人往

生命的碎片,投喂红嘴海鸥的面包

一个可怜虫在唱歌

另一个乞讨糊口

三位修女低头祈祷

眼眸低垂,目不斜视

一个醉汉朝灯柱上撒尿

我目睹河水流淌

沉思着红色的玫瑰,鲜血滴洒

的最后话语,在飞翔之前

选自《聊胜于无》,盎桑姆博出版社,2023

"让我从你手中"

让我从你手中

坠落

像羽毛一样,

空气是一种爱抚

我与大地战成平局

我是种子

我扎根于

无光的黑暗中

而后我再次呼吸

我是花朵

而后再度成为种子

从你手中

我将继续坠落

选自《聊胜于无》,盎桑姆博出版社,2023

达尼埃莱·马泰伊

达尼埃莱·马泰伊(Daniele Mattei),1975 年 8 月 23 日出生于罗马,意大利当代诗人、作家。2018 年出版首部诗集《战争》(*Guerra*),由萨克斯博士出版社(El Doctor Sax Editions)出版。这部作品以内敛而强烈的风格探讨了内心冲突和记忆等主题。2024 年,他与 GOG Edizioni 合作出版了诗集《背弃》(*Sconfessioni*),继续通过叙事诗的书写探讨人类经验的复杂性。马泰伊以其原始而直接的语言风格著称,他的诗歌探讨了人类的矛盾和脆弱。他的诗歌具有强烈的自传色彩,并对情感和记忆进行了深入分析。

情侣们

爱情是被降低到凡夫俗子层面的无限之物,而我,我可是有自己的尊严的!

路易-费迪南·塞利纳(Louis-Ferdinand Céline)

我们总是爱着……不顾一切,而这种"不顾一切"涵盖了无限。

埃米尔·齐奥朗(Emil Cioran)

情侣们用一只眼睛相爱

用另一只眼睛彼此憎恨

他们一起行走,一起挑选床垫

情侣们令我两极分化

有些带着猜疑的态度触动我

另一些则让我极度反胃

情侣们温柔甜蜜,还是让人捉摸不透

是爱情的谜团,还是可怕的终身监禁?

有时我会做有可能成为现实的噩梦,梦到镀金的牢笼

另一些梦境则有着对慰藉永恒的渴求

今天,情侣们令我产生幻觉

明天则让我感动

互为地狱的奴隶

还是古代英雄的古老反抗?

他们能否犯下滔天罪行

在屠杀和弥天大谎中所向披靡

在最野蛮的侵略中

他们躺在沙发上看电影

以免孤独终老

还是说有些人已解开了心灵之谜?

那些结伴出游的夫妻情侣们

不过是想找个由头去惊叹一番

他们之间的亲昵爱称,还有那荒唐的自我折磨

还是喋喋不休的抱怨,一副受害者的姿态

生活非但没有好转,反而越发沉沦

时间在他们手上,好彼此厌恶

笔直的阳具为性爱充当

永恒的搬运工

百无聊赖地

打卡

皮带、笼子、猴子、猕猴

爱的马戏团里所有的施虐受虐狂

无限地平线上的狮子狗

理想的极限，唾沫的无穷无尽

迷人的锚和碇泊之地身在何处？

在这强制性的自由中

一切反抗让人啼笑皆非，却又令人心动不已

是小情侣间绵软的牵手

还是深陷困境也绝不松开、真挚相拥的乌托邦？

我陷入这荒谬的两难与迷局，无法自拔

太多情侣让我歇斯底里

其余的则让我心生沮丧

最可怕的神经官能症

晓得倾诉的恐怖

戏剧性的受害者，然后是沉默

我们是瘾君子，我们是爱的毒物

我们戒毒，然后重新开始

在无尽的虚无中

我们总是爱着，不顾一切

而这一切涵盖了无限

选自《战争》，萨克斯博士出版社，2018

兔子的爱

疲惫的爱、腐朽的爱、需求之爱
奴隶之爱、司空见惯的地狱之爱、刻板
之爱、屏幕之爱、虚拟之爱、深渊
之爱、残暴规则之爱、沉沦于
惯常的炼狱之爱、永不垂直之爱、老鼠般
存在的地下之爱、依赖之爱、有毒之爱、永不
独立之爱。

无意识之爱、动物之爱、三角
之爱、热带之爱、癌症之爱
从不寂寞的爱、没有缪斯的爱、上了嘴套的
爱、没有男人的爱、精神阳具被
强力阉割过的爱、粗鲁之爱、没有
爱抚的爱、无手之爱、"我"的爱,比绝望
更绝望的爱,自由市场之爱。

连续剧般的爱、可饶恕的爱、无聊之爱、苦闷
之爱、修复生命的爱、精疲力竭之
爱、被屠杀之爱、罗列着折磨者和

粉碎者的无尽之爱、修复之爱
身份撕碎之爱、没有
女人味的爱、终于满足了男人的性爱
双双急不可待地上厕所。

我必须重塑人生的爱，实现目标的爱
歇斯底里的爱、搬运工之爱、勃起之爱
爬行动物之爱、爱情蛋和无爱的
小屋，有毒的爱、从不爱猫的爱、无猫
之爱、发起白痴干掉白痴之战的武装之爱
野蛮人的爱、被活人活埋的爱、兔子的
爱、狒狒的爱、瘸子的爱、白痴
世家的爱。

打着灯笼寻找第欧根尼的爱，没有
个体的爱，没有女性的爱，送葬的爱
致命之美的爱，自由市场的爱
搬运工的爱，对男人过敏的爱，
施虐受虐关系的爱，迷失的
爱，永不自由的爱，奴隶之爱，低能
之爱，子宫之爱，蠢人的奴役之爱。

低能儿的母亲总是怀孕

她有个像兔子一样乱搞的老公。

选自《战争》,萨克斯博士出版社,2018

"我像一名艺术家一样爱上了"

我像一名艺术家一样爱上了
你手臂上的伤口

那时我还以为
生命会被撕裂
就像丰塔纳的划痕[1]

我白痴般,佯装不知
总是她,主人

将你撕碎。

选自《战争》,萨克斯博士出版社,2018

---

[1] 自1958年起,意大利当代艺术家卢西奥·丰塔纳(Lucio Fontana)开始创作一系列在艺术史上极具争议性的观念作品:《划痕》(Il Taglio),即用刀子或锐器在单色的油画布上划出一道或多道划痕,有时,这些作品也被称为《空间概念:等待》(Concetto Spaziale-Attesa)。——译者注

阿尔达·梅里尼

阿尔达·梅里尼(Alda Merini, 1931—2009), 1931年3月21日出生于米兰, 2009年11月1日去世, 意大利当代诗人、作家, 以其深刻的情感和对内心世界的探索而闻名, 同时被视为20世纪意大利诗歌最重要的代表人物之一。1950年, 意大利文学史家、诗人和小说家贾辛托·斯帕尼奥莱蒂(Giacinto Spagnoletti, 1920—2003)慧眼独具, 发表了梅里尼的处女作, 使其年纪轻轻便崭露头角。她的主要作品包括《奥菲欧的存在》(*La presenza di Orfeo*, 1953)、《你是彼得》(*Tu sei Pietro*, 1961)、《圣地》(*La Terra Santa*, 1984)、《另一个真相:一位格格不入者的日记》(*L'altra verità. Diario di una diversa*, 1986)、《爱的虚空》(*Vuoto d'amore*, 1991)、《无偿民谣》(*Ballate non pagate*, 1995)和《黑夜美不胜收》(*Superba è la notte*, 2000)。梅里尼曾多次获奖, 包括1996年的维亚雷焦奖等。阿尔达·梅里尼以其独特而有力的声音将痛苦转化为艺术, 为世人所铭记。她的作品被翻译成多种语言, 并受到了广泛的赞誉和研究。1996年和2000年曾先后两次获得诺贝尔文学奖提名。

"我疯了,疯了"

我疯了,疯了,
  爱你爱到发疯。
我温柔地呻吟,
  因为我疯了,疯了,
  因为我失去了你。
今早,天气格外炎热,
  热得我满心惶惑,
可我正饱受折磨之苦,
因你的消逝而一病不起。

选自《爱的虚空》,艾诺迪出版社,1991
版权所有ⓒ Alda Merini Estate

"我生于春之初日"

我生于春之初日[1],

却不知道生来就是个疯子,

翻开层层土块,

但愿能掀起风暴。

轻盈的冥后普罗塞尔皮娜[2],

就这样看着雨滴落在草丛里,

落在饱满而温驯的麦穗上,

她总是在傍晚哭泣。

也许,这就是她的祈祷。

选自《爱的虚空》,艾诺迪出版社,1991

版权所有© Alda Merini Estate

---

1 这句诗原文为"Sono nata il ventuno a primavera",直译过来就是"我出生于春天的二十一日",这里出于汉语表达习惯,采取了意译的做法。需要补充的是,一方面,梅里尼出生于3月21日,另一方面,3月21日在意大利被视为春天的第一天,因此,这里将其翻译为"我出生于春之初日"。
2 普罗塞尔皮娜(Proserpina),罗马神话中的冥后,朱庇特与农业与丰收女神克瑞斯(Ceres)之女。对应希腊神话中的珀耳塞福涅。

爱的大地

我不需要金钱,

我需要的是情感。

是话语,是那些明智抉择的话语,

是那些被称为思想的花朵,

是那些言说存在的玫瑰,

是那些住在树木里的梦幻,

是那些让雕像跳舞的歌曲,

是那些在恋人耳边低语的星星。

我需要的是诗歌,

这种魔法能燃烧话语的沉重,

唤醒情感,带来新的色彩。

我的诗像火一样跳跃,

玫瑰念珠一般从我指尖滑过。

我不祈祷,因为我是个不幸的诗人,

有时候,我会沉默,忍受着分娩的痛苦,

我是那个大喊大叫,和自己的呼喊玩耍的诗人,

我是那个唱歌却找不到歌词的诗人,

我是那下面发出吱吱嘎嘎声音的干草,

我是那让孩子们哭泣的摇篮曲，
我是那自我放纵的自负，
看不见光明的过去的悲伤，
是那悲伤的漫长祈祷的金属斗篷。

选自《狐狸与幕布》，里佐利出版社，2014
版权所有© Alda Merini Estate

阿尔多·诺维

阿尔多·诺维（Aldo Nove），笔名安东尼奥·森塔宁（Antonio Centanin），1967 年 7 月 12 日出生于意大利北部伦巴第大区瓦雷塞（Varese）市下属的小镇维吉乌（Viggiù）。当代意大利诗人、作家和文学评论家。1995 年首次出版短篇小说集《武宾大和其他没有美好结局的故事》（*Woobinda e altre storie senza lieto fine*），1998 年以《超级武宾大》（*Superwoobinda*）为名再版。主要小说作品包括《普拉塔港市场》（*Puerto Plata Market*，1997）、《我无尽的爱》（*Amore mio infinito*，2000）、《淫秽的生活》（*La vita oscena*，2010）[1]和《世上所有的光》（*Tutta la luce del mondo*，2014）。出版有诗集《回到你的血液》（*Tornando nel tuo sangue*，1989）、《献给女巫的音乐》（*Musica per streghe*，1991）、《从维吉乌看到的月亮》（*La luna vista da Viggiù*，1994）、《今日的星系》（*Nelle galassie oggi come oggi*，2001）、《星座示意图》（*A schemi di costellazioni*，2010）、

---

1 该小说后被导演雷纳托·德·玛丽亚（Renato De Maria）改编为同名电影，并于 2014 年第 71 届威尼斯国际电影节"地平线单元"中得以展映。——译者注

《夜晚的小长诗》(*Poemetti della sera*,2020)和《石英日十四行诗》(*Sonetti del giorno di quarzo*,2022)。诺维的写作富有创新意识,挑战世俗,作品融合了低俗小说元素,对生存与现实有着深刻的反思。

费黛丽卡 I

同你一道，我发现了马泰拉的石头，
巴黎深深的呼吸。
同你一道，我漫步在夜幕降临时
米兰无限的灰色。
我走过山间黎明时化作繁花的
天空，走过西西里岛
和托斯卡纳，还有沐浴灵魂的
大海，分享那些被平淡无奇的

日子撕扯得支离破碎的
梦想所带来的
自然的奇迹
因为，这个世界，太多了，没有地图，
心和它的脉搏一起
适应它所碰巧依附的一切！

选自《石英日十四行诗》，艾诺迪出版社，2022

费黛丽卡 II

我希望一瞥的幻觉
尚未化为乌有,
它只是推迟了结局的
到来,在此期间,到处都

肆虐着过往之爱与爱的过往。
分享片刻,进入
某个房间,品鉴
甘甜的滋味,在陌生的喧闹中

醒来。一起搭乘电梯,
登上飞机,从远处
眺望世界,聆听引擎

轰鸣,一切并非徒劳。
慢慢入睡。拥有一颗快乐的
心,在沙发上聊天。

选自《石英日十四行诗》,艾诺迪出版社,2022

费黛丽卡Ⅲ

譬如,记忆中的

楼梯,当时,你就在前面,

周围一片金黄,犹如太阳的光芒。

无数的未来等待着我们,偶尔

听得到红色绒毛花的簌簌声,

在颤动的夏日,这

足以让我驱散,此刻给你写信时

所处的浓重黑暗,如果我

只能在一份契约中铭记,

串连起机械的

诗句,倘若那日,于一只猫的

眸光中,我们领悟到

卑微的事实中爱的幻觉,

刹那,以及近乎永恒的葬礼。

选自《石英日十四行诗》,艾诺迪出版社,2022

雷佐·帕里斯

雷佐·帕里斯(Renzo Paris),1944年1月1日生于切拉诺(Celano),意大利当代诗人、作家和文学评论家。曾在萨莱诺大学和维泰博大学教授法国文学。主要作品有:诗集《色情观众》(*Lo spettatore pornofono*,1969)、《家庭相簿》(*Album di famiglia*,1990)、《神秘之息》(*Magico Respiro*,2021),小说《独行侠》(*Cani sciolti*,1973)、《毒箭》(*Frecce avvelenate*,1974)、《合住房屋》(*La casa in comune*,1977)、《不良主题》(*Cattivi soggetti*,1988)、《莫拉维亚:违背意愿的生活》(*Moravia: una vita controvoglia*,1996)、《刺青十字架》(*La croce tatuata*,2005)、《舞蹈家们》(*I ballatroni*,2007)、《阿波利奈尔帮》(*La banda Apollinaire*,2011)、《放荡不羁的伯爵》(*Il conte libertino*,2013)、《火烈鸟:伊格纳齐奥·西隆的秘密生活》(*Il fenicottero. Vita segreta di Ignazio Silone*,2014)、《帕索里尼:终身男孩》(*Pasolini. Ragazzo a vita*,2015)、《罗塞利小姐》(*Miss Rosselli*,2020)、《帕索里尼与莫拉维亚:丑闻的两面性》(*Pasolini e Moravia. Due volti scandalo*,2022)和《贝蒂夫人》(*Madame Betti*,2024),以及论文《意大利小说中的无产者神话》(*Il mito del proletariato nel romanzo italiano*，1977）。帕里斯以其不羁和讽刺的风格闻名。他的作品探讨了与1968年代有关的主题，当时他已经与皮埃尔·保罗·帕索里尼、阿尔贝托·莫拉维亚和阿梅利亚·罗塞莉（Amelia Rosselli）一起参与了意大利首都罗马的艺术生活。

草　地

我经过隐秘的时光之河
宁静的入口,
我不时于悬崖上休憩,
和一个孩子说笑,他的哭声中
夹杂着印度教的吟唱。
你是苜蓿,我在上面打滚,
与强壮的朋友放声大笑,
他们回避农民的劳动。
你是干草,有一天我在城里,
我在古老的情色漫画中
发现了春药。
你是沟渠里的青草,潺潺流水
在其下方低语相伴;你是
我在刚刚吞下的烟雾中
隐约瞥见的一切,那是我们
永远不愿浪费的烟雾。你是一名
吟游诗人笔下诗意的青草,他羞于
爱上人类,亲爱的海草啊,
我已很久没有把你拽到我的

身边,我未曾在你身上窥见

一个饱含雨水和愤怒的秋日。

选自《家庭相簿》,光达出版社,1990

火星之花

乌托邦之风吹过,

一切均消耗殆尽。

骑上自行车,我向欢喜得恰到好处的

山丘进发,经过数不清的

十字架。来吧,亲爱的,跳上车座,

我将带你徜徉在水草丰美的草地

和火星花朵之间。我会让你的脸颊

充满欢笑,我愿梦想成真,

在牧羊人的泉边与你共饮

夜晚清凉的话语。

我们还能坚持很久吗?我们能撑下去吗?

道路崎岖不平,但

沟渠边上有

黄毛茛,苜蓿已经为我们准备妥当

绿色的床单。我们划着小船,

双脚伸在你温柔的臀部下面。

而后,我们在四角游戏中

相互碰撞,相互推搡,

滚作一团,自行车当然可以等,

可我们的爱能吗?

选自《家庭相簿》,光达出版社,1990

爱的呻吟

我和玛丽娜已经认定
欲望是狂野的,
它不懂什么规矩,也不会传递
温文尔雅的信息。所以我们不会
在电话里,在一个城市和
另一个城市之间
见面。也许,当我们约好
日子,却常常爽约。
决定这样做无疑是一项收获,
这让我们在见面时更加享受。
但问题就在这里:
玛丽娜和我,什么时候才能见面?

选自《家庭相簿》,光达出版社,1990

埃利奥·佩科拉

埃利奥·佩科拉(Elio Pecora),1936 年 4 月 5 日出生于圣阿尔塞尼奥(Sant'Arsenio),意大利诗人和作家。已出版多部诗集、短篇小说集、长篇小说和评论集。他的主要作品包括:《玻璃钥匙》(*La chiave di vetro*,1970)、《主旋律》(*Motivetto*,1978)、《永不餍足的眼睛》(*L'occhio mai sazio*,1984)、《间奏曲》(*Interludio*,1987)、《诗选:1975—1995》(*Poesie 1975—1995*,1997、1998)、《对称性》(*Simmetrie*,2007)、《一笑而过》(*Tutto da ridere*,2010)、《在母亲的时代》(*Nel tempo della madre*,2011)、《折射》(*Refractions*,2018)和《逗留的冒险:1970—2020 年诗选》(*L'avventura di restare*,*Poesie 1970—2020*,2023)。佩科拉的作品探讨的主题包括记忆、身份和人类状况。曾多次获得文学奖项,包括蒙代罗国际诗歌奖(il Premio Internazionale Mondello)和弗拉斯卡蒂奖(il Premio Frascati)。

"你问我"

你问我:"我们的心究竟在哪里?"
此刻已是深夜,
金星高悬于天线之上,
明天,一个有待穿越的
虚无缥缈的边界。
我们静静地坐在阴影里,
周围满是使用已久的物件,
我们也不知道答案,
唯有紧握当下此刻:
这渺小甚或虚无的我们。
我们呆在此地,等待
在睡梦中放空自己,
从而在清晨,自一片
波光粼粼的深水中升起,
朝向一片初生的土地。

选自《诗选:1975—1995》,恩皮里亚出版社,1997

"我看到,你在众人之中离去"

我看到,你在众人之中离去。
在广场尽头,
枝叶凋零的花园,
在空气中过滤着阴影——我看见你:
你就是我一直在等待的那个人。

我们一起走,一起聊天
——黑暗笼罩着房屋,
一只海鸥从河面上跃起——
在芸芸人群中,我们错过了何种话语?
我们错过了何种手势?

现在我知道,那段时光
只是一场漫长的煎熬,
但有时我也会想:
在芸芸人群中,我们错过了何种话语?
我们错过了何种手势?
一位满怀敌意的神让我们
在深渊之上,一动不动。

选自《诗选:1975—1995》,恩皮里亚出版社,1997

镜中的蝴蝶

湛蓝翅膀的蝴蝶

从窗户飞入,落在

镜子上,稍事喘息。

在那里,它对镜自照,却发现另一个

陌生的、不知名的造物

一脸悲伤和惊恐。

它想安慰它,而那位,

那端,在那闪闪发光的死水中,

重复着自己的一举一动,

几乎像是在嘲笑它。

于是蝴蝶张开翅膀

(整个房间都是蓝色的,

它高兴得浑身发抖),

从窗户飞向无垠的天空,

而另一只则消失在镜中,

犹如消失在一口无底的空空如也的井里。

选自《看守所里的童话故事》,恩皮里亚出版社,2004

吉尔达·波利卡斯特罗

吉尔达·波利卡斯特罗(Gilda Policastro),生于萨莱诺(Salerno),意大利诗人、作家和文学评论家。处女作为《季节》(*Stagioni*)。她的主要作品包括小说《补救办法》(*Il farmaco*,2010)、《小室》(*Cella*,2015)和《马尔沃夏部分》(*La parte di Malvasia*,2021)、诗集《不合时宜》(*Inattuali*,2016)和《区别》(*La distinzione*,2023)。另有评论集《最后的诗:二十世纪后半期至今的反常写作和体裁变异》(*L'ultima poesia. Scritture anomale e mutazioni di genere dal secondo Novecento a oggi*,2021)、《元宇宙:自动写作时的诗歌笔记》(*The Metaverse. Appunti sulla poesia al tempo della scrittura automatica*,2024)。2024年出版小说《蛛网》(*La ragnatela*,2024)。她曾为意大利第一大报《共和国报》(La Repubblica)编辑专栏《诗歌之窗》(La bottega della poesia),同时还是网站"词与物"(Le parole e le cose)的编辑,并与数字杂志斯纳帕拉兹(Snaporaz)合作。

初恋

主宰生命之躯的女主
不过是扩张:
反向减去阻力,
将腹部磨平,就像一张没有隆起的
大理石桌,
在形式重量的黑色沟渠中
挖去眼睛。

晚饭后,一个男人谋杀了一个女人,
而后在海边别墅
上吊自杀。
餐厅里的一女一男:
她是绿叶,
他是草地上的蘑菇。

将心与头脑完美地合二为一,
化异为同的
唯一途径
自然中,难觅可逆的

关联

欲望将受害者囚禁

她浑然不知自己将沦为

刽子手口中的

屠戮，

惯以十四刀相向

为那卡拉布里亚的无名少女，

亦或那声名远扬的妻子

爱于死亡中终结

唯有痛苦的

煎熬在延宕

作为药物

它腐蚀，而非治愈，

与治疗

背道而驰，但求

这一切灰飞烟灭。

选自《并非生活》，阿拉尼奥出版社，2013

七 号

打屁股,我把你吊起来,紧紧抱住你

从你的腋下将你捆住

然后你抱怨,有一次

(我的)指甲

划到了你的脸

像太阳一样英俊,被吊起来

就像在阿玛尼[1]专门设计的战争中

身着羊绒衫:

为(每个)版本(打赌)

最佳解决方案

第一个

遗孀与学童,日式捆绑

斯堪的纳维亚人的芦苇鞭

---

[1] 阿玛尼(Armani),意大利著名奢侈品品牌。由意大利设计师乔治·阿玛尼(Giorgio Armani)所创立,主要设计、制造、分销和零售高级定制服装、成衣、皮具、鞋履、手表、珠宝、配饰、眼镜、化妆品和家居装饰等,旗下有多个子品牌。——译者注

眩晕之感，种种欲望

虐待行径，就如阿布格莱布监狱（的虐囚事件）

汤博乐[1]网站上的鞭打场景，又或是位女秘书形象

"女人究竟

想要什么"[2]

最好是一个活生生的逗号

作为死亡的中心[3]

选自《不合时宜》，泛欧出版社，2016

---

[1] 汤博乐（Tumblr），全球最大的轻博客网站，由大卫·卡普（David Karp）创立，2013年曾被雅虎公司收购。——译者注
[2] "女人究竟想要什么？"（Cosa-vuole-una-donna?）是著名心理学家西格蒙特·弗洛伊德提出的著名问题。——译者注
[3] 最后两行原文为德文："Besser ein lebendes komma/als ein toter Punkt"。——译者注

如果你离开我，我就拉黑你[1]

入口处，观众们交出社交网络的登录密码，有程序实时重塑数据。每场二十人次，人人配有镭射枪，若观影不适，便可中止播放（但至少得十支激光枪同时发射）。屏幕上的影片，有可能出现背叛和/或揭发和/或污蔑指控。演播厅有电视心理师随时待命，一旦情绪崩溃，甚或自杀或杀人，确保实时诊断或出具报告。观众入场要配合搜身，鞋带、围巾、钝器，概行寄存。

十八岁以下禁入。

选自《实用生活练习》，普吕弗洛克出版社，2017

---

[1] "Se mi lasci ti banno"（"如果你离开我，我就拉黑你"），系对电影"Se mi lasci ti cancello"（《如果你离开我，我就删了你》）片名的化用。这部电影的英文原名为"Eternal Sunshine of the Spotless Mind"（《美丽心灵的永恒阳光》），电影由米歇尔·贡德里执导，金·凯瑞和凯特·温斯莱特主演，获2005年奥斯卡金像奖。影片的英文原名"Eternal Sunshine of the Spotless Mind"取自英国诗人亚历山大·蒲柏（(Alexander Pope, 1688—1744)) 1717年创作的诗歌《艾洛伊莎致阿伯拉德》(Eloisa to Abelard)。——译者注

阿米莉亚·罗塞利

阿米莉亚·罗塞利(Amelia Rosselli，1930—1996)，意大利诗人、管风琴演奏家和民族音乐学家。1930年出生于巴黎，父亲卡洛·罗塞利(Carlo Rosselli)是一名反法西斯流亡者，母亲玛丽昂·卡芙(Marion Cave)是英国社会活动家，曾先后生活于法国、英国和美国，后定居罗马。阿米莉亚·罗塞利的诗歌具有强烈的自传色彩和语言实验性。主要作品包括《战争变奏曲》(*Variazioni belliche*，1964)、《医院系列》(*Serie ospedaliera*，1969)、《文件》(*Documento*，1976)、《即兴曲》(*Impromptu*，1981)、《散失的笔记》(*Appunti sparsi e persi*，1983)、《蜻蜓》(*La libellula*，1985)、《睡眠：英文诗集》(*Sleep. Poesie in inglese*，1992)、《钝日记》(*Diario ottuso*，1996)、《诗集》(*Le poesie*，1997)和《诗作》(*L'opera poetica*，2012)。她的诗歌以密集而复杂的语言探讨了悲伤、记忆和身份等主题，是20世纪意大利诗坛最具原创性和影响力的诗人之一。

"也许正是这忠实的光环引领我们"

也许正是这忠实的光环引领

我们；也许是你君子般的纯洁

再度引领我们在户外张开双臂

面向所有的愿景。是你那没有照亮

我庞大的视野之外的灯，把我污损得

如此色彩斑斓！

选自《诗集》，加赞蒂出版社，2023
版权所有© Garzanti Editore s.p.a. 1997
2004，2019，Garzanti s.r.l.，Milano
Gruppo editoriale Mauri Spagnol

"爱的疯狂只是沙漠中的一颗流星"

爱的疯狂只是沙漠中的一颗流星。
我的束胸将我缚得太紧。
水是一只避免溺水的自卫的青蛙。
你的十四行诗回荡着虚情假意,造作之极!
自然被我排除在外。人类啊,为了在约定俗成的时间进食,
你的双脚已经残废,倘若你的食物是空气,
为什么你要毁掉它!我们将在变化无常的空气中死去,但空气
并非虚无——

我探寻着那份安稳能持续多久,然而时钟、数字
扼杀了我的美丽,而数字的和谐却
打破了我宽容的底线——时钟上的数字
对于我的休憩来说太过短暂。保险箱的金属
战胜了一成不变的空气。它不是"一"!它是无穷无尽!我大喊着,
这呼喊落在了那犹如保险箱钢板般的砖块铺就的街道上。

我无法忘却时间。空气一片虚空,
生活的规则比我的美貌更令人窒息。

我茶饭不思，我不想再活下去——我大喊着，
而这呼喊落入了你的饥饿之中。
在等待某种美到来的过程中，我连烟都不能抽。
那是属于你的美。但无论如何，愿我的美也能成为你的……

我那把平庸之伞。洗漱、吃饭、穿衣
却没有丝毫自信。粗俗的人群。死亡是必然的，
它是我们激情的载体。炽热的
爱的骚乱。这一美好的举动超越了生存所需：
虚荣的镜子。花季少女的
野心勃勃。

选自《诗集》，加赞蒂出版社，2023

版权所有© Garzanti Editore s.p.a. 1997
2004，2019，Garzanti s.r.l.，Milano
Gruppo editoriale Mauri Spagnol

"我如此孤独,如此爱你,风在田间"

我如此孤独,如此爱你,风在田间
肆虐噬咬,小册子飞进
我的眼里,而所有的冰雹都在说:
"你不属于我们。"而我们却对这暴风雨
大笑不止,你用你的泪水驯化
小鸡,你使用"爱"这个词的方式
是如此廉价。

我又变回了另一个人,更年长些的那位,无论是我小时候
还是长大后,他都陪伴着我,
那个上了年纪的人,他懂得如何去享受
你那棕黄眼眸中的奥秘,随着岁月流转而变幻,
曾经如湖泊般深邃,如今却似狭窄的
海峡。

也就是说:你让我沉醉,狂风在暴风雨中
呼啸,一条鱼,变换着颜色,因为
难得的雨水将它轻抚,在弥漫着各种气息的
空气中,猫咪出现了,毛发顺滑下垂,

它们知晓你所知晓的一切。

此刻看着他,我不禁自问,究竟要如何才能
继续去爱,明明深知他对你做出的每一个举动
都无动于衷,他执着于自己的目标,而我的目标
却一点也不紧迫,而你带着冬日的
坚壳,从远方为这一切祝福。

他的眼眸,他的目标闪耀着拉丁式的光芒。
我用扫帚清扫残骸,那曾是
我的灵魂,在你将它摧毁之前,
我称之为爱。你在它的巢穴将其击打,
它再也不敢吐露只言片语,
除非是对自身美德的嘲讽。

选自《诗集》,加赞蒂出版社,2023
版权所有© Garzanti Editore s.p.a. 1997
2004,2019,Garzanti s.r.l.,Milano
Gruppo editoriale Mauri Spagnol

贝佩·萨尔维亚

贝佩·萨尔维亚(Beppe Salvia,1954—1985),意大利诗人,出生于波坦察(Potenza),后移居罗马。20世纪70年代末,他在《新话题》(Nuovi Argomenti)杂志上发表了处女作。萨尔维亚与克劳迪奥·达米亚尼(Claudio Damiani)、阿纳尔多·科拉桑蒂(Arnaldo Colasanti)和马可·洛多利(Marco Lodoli)同为文学杂志《布拉奇》(Braci)的创始人。他的主要作品包括《笔记》(*Appunti*,1978)、《马赛克字母》(*Lettere musive*,1980)、《伊莉莎·桑索维诺的夏天》(*Estate di Elisa Sansovino*,1985)、《心》(*Cuore*,1988、2021)、《埃莱莫乌辛·埃莱乌辛》(*Elemosine Eleusine*,1989)、《小偷美丽的眼睛》(*I begli occhi del ladro*,2004)、《孤独的爱》(*Un solitario amore*,2006)和《采珠人》(*I pescatori di perle*,2018)。萨尔维亚是罗马新诗派中最具原创性的诗人之一。

"现在,我有了一栋新房子"

现在,我有了一栋新房子,即使
我还没有动手,它也很
漂亮。全身上下灰蒙蒙的,破破烂烂,
窗户破败,玻璃
碎裂,木头朽坏。但因为
阳光充沛而美丽,露台上
还堆满了废金属,
因为从这里几乎可以看到
整个城市。傍晚日落时分,
城市就像一场遥远的战斗。
我爱我的房子,因为它美丽
安静而坚固。在这里,似乎
有另一座房子的影子,
在生命中,似乎有另一种生命的永恒。

选自《心》,内心诗歌出版社,2021

"我从朋友那里学会了写作"

我从朋友那里学会了写作,

但他们已不在身旁。是你教会了我

如何去爱,可你却已撒手人寰。生活

以其苦痛教会我活着,

可那几乎是没有生机的生活,教会我工作,

却总是找不到真正能做的工作。于是

于是,我学会了哭泣

但没有眼泪,学会了做梦,却只

在梦中看得到非人的身影。

我的耐心已失去了限度。

我耐心全无,我们曾

拥有的幸运已荡然无存。

我甚至不得不学会憎恨

从朋友那里,从你那里,从全部的生活那里。

选自《心》,内心诗歌出版社,2021

"我爱上了远处和近处的事物"

我爱上了远处和近处的事物，
我工作并受人尊敬，终于
我也找到了一道微小的边界，
令这个世界无法逃脱。
或许人们会发现一条新的
普遍规律，而对于其他的事物和人，
我们也将学会去爱。但我对不可能之事
满怀乡愁，我想回到
过去。明天我将辞去工作，纵情饮酒，
目睹幻境，聆听远处
和近处的事物消失的声音。

选自《心》，内心诗歌出版社，2021

吉诺·斯卡塔吉安德

吉诺·斯卡塔吉安德（Gino Scartaghiande），1951年出生于卡瓦德蒂雷尼（Cava de' Tirreni），意大利诗人、医生。1977年出版第一本诗集《给金刚的爱情十四行》(*Sonetti d'amore per King Kong*)，其后出版的作品有《竹子：省级问题》(*Bambù〈questioni di provincia〉*, 1988)、《客体和环境》(*Oggetto e circostanza*, 2016)和《海马》(*Cavallucci marini*, 2022)。他的诗被翻译成多种语言,在国际上享有盛誉。斯卡塔吉安德被认为是意大利当代诗坛最具原创性的诗人之一,他能够以独特的方式探索复杂的主题。

"变得轻盈的绿洲"

变得轻盈的绿洲,
你却称之为尘埃。
此刻,我满怀眷恋,并非眷恋
曾深爱过的你,而是渴望新的
依靠,好让我从头再来。
黎明啊,你们曾如此安宁,
仿佛在我身上汇聚了
更多的宇宙,仿佛它
最初是一个字,而不是一个吻的

高傲的灵魂。

选自《海马》,迷宫出版社,2022

"光芒编织着"

光芒正编织着
这场离别。我已不再是
幻想中的模样。我已记不起
曾在我身下的,
那辉煌壮丽、清冷的
苍穹之渊。我该徒劳地
向谁献上
我的吻,
倘若在街上,一瞬间
你在我身后停下脚步?
我正慢慢吞噬
这片土地。不是在我
走过的路上。如果不是你,就是我。不是
保留,而是成为
你的存在。在这里,我清楚地意识到
我的内心正变得日益渺小。
无论你发生什么。愿你
在一方绿草如茵的墓瓮之上,
望见属于我们的绿洲。

选自《海马》,迷宫出版社,2022

深夜

——思念我年轻的诗人朋友加布里埃尔·加洛尼

如果我在模拟的

巨大空间

悄然而逝,

那么这里就不仅有坟墓

和房屋的空荡。

逝者将我召唤,月桂枝

坠落,苦涩的粟米花

如同一场自身的地震。我

迈步向前,假装

我不在乎。我停下来,

有一搭没一搭地和一位受人尊敬的

先生闲聊,他在一个土堆上

重新摆放着什么东西。新坟

还是旧坟,我不知道。

傍晚,日落之后,

新的一日将至,

将为我所爱的人赐福,

我将再次流连,

那些我曾用心

问候过的人。

选自《海马》,迷宫出版社,2022

毛里奇奥·索迪尼

毛里奇奥·索迪尼(Maurizio Soldini),意大利诗人、作家和医生。1959年出生于罗马。他的首本诗集为《身体和灵魂的碎片》(*Frammenti di un corpo e di un'anima*, 2006),其后又出版了《逆光而行》(*In controluce*, 2009)、《人:生物伦理小长诗(*Uomo. Poemetto di bioetica*, 2010)、《通往世界之门》(*La porta sul mondo*, 2011)、《只为你:阳光下的星历表》(*Solo per lei. Effemeridi baciate dal sole*, 2013)、《地球力学的尘埃》(*Lo Spolverio delle Meccaniche Terrestri*, 2019)和《与镜为伴》(*Il Sodalizio con gli Specchi*, 2021)。索尔迪尼以其抒情和反思风格著称,作品探讨的主题包括身份、记忆和人类现状。

"火舌"

火舌
从像狗一样嚎叫的
恋爱中的诗人
和愤怒的诗人之口
扑向纸上的天空
好点燃群星
向纸堆射击
在文字悬崖
失落歌声的
沉寂中受伤

选自《非你莫属》,悦集出版社,2013

现在是大海

我怀念大海和暗流的声音

刺鼻的空气拂过薄雾

我怀念大海,怀念海水的味道

海岸线上液化的沙子

相似的简省的地平线

变幻莫测的色彩,有如

光与影的交错

我怀念我们之间的对话

当我看着你,在涉水中等待

选自《与镜为伴》,雅聚出版社,2021

你是我的觉醒

我看着你前行

我离开梦境,就像穿过一扇通向

岁月皱纹的房门

我仍昏昏欲睡,但我不想

停下走向你的脚步

因为看着你,我又看到了自己

一次又一次

在你身上流逝的时光

你是我觉醒的镜子

在岁月深处,在清晨的门槛上

描绘出第一缕光线

意识到我们是面孔和目光

选自《时间的裸体中》,雅聚出版社,2022

加布里埃拉·茜卡

加布里埃拉·茜卡（Gabriella Sica），1950 年 10 月 24 日出生于维泰博（Viterbo），意大利诗人、作家和文学评论家。1986 年以诗集《闻名遐迩的生活》（*La famosa vita*）首次亮相，并荣获布鲁提乌姆诗歌奖（Premio Brutium-Poesia）。主要作品包括《博洛尼亚小巷》（*Vicolo del Bologna*，1992）、《儿童诗》（*Poesie bambine*，1997）、《家庭诗》（*Poesie familiari*，2001）、《事物的眼泪》（*Le lacrime delle cose*，2009）、《你、我和蒙塔莱共进晚餐》（*Tu io e Montale a cena*，2019）和《空气之诗》（*Poesia d'aria*，2022）。曾获卡迈奥雷国际诗歌奖（Premio Internazionale di Poesia Camaiore）、阿尔盖罗妇女文学与新闻奖（Premio Alghero Donna di Letteratura e Giornalismo）。她还出版了多部散文与随笔集，包括《请向无形者致敬：散文和随笔》（*Sia dato credito all'invisibile. Prosa e saggi*，2000）、《艾米莉与其他人，评狄金森的五十六首诗》（*Emily and the Others. Con 56 poesie di Emily Dickinson*，2010）和《亲爱的欧洲在注视着我们：1915—2015》（*Cara Europa che ci guardi 1915 - 2015*，2015）。茜卡以其抒情和反思风格著称，作品探讨的主题包括记忆、身份和人类状况。

"它们是古老的清新"

它们是古老的清新

(纺出的)白色衣物的丝线

阳光的奇迹如此温暖

甚至还有蜜蜂的嗡嗡声。

她站在阳台上,置身红色的天竺葵

与鼠尾草和欧芹的气味之中

无需深思。

她记得前一夜

他的嘴,他饱满的双唇

和额前的秀发。

选自《博洛尼亚小巷》,珀加索斯出版社,1992

"他转过弯,在那下方潮湿"

他转过弯,在那下方潮湿

阴暗的小巷尽头显出身影,

他朝气蓬勃,带着阳光般的优雅。

她深呼吸,从天竺葵丛中,

慢慢地俯身在阳台上,

思忖着如何令他永垂不朽。

选自《博洛尼亚小巷》,珀加索斯出版社,1992

"她不无惊艳地看到"

"她不无惊艳地看到"
在那个平民街区行走着
一位堪比阿波罗或赫耳墨斯的神。

他拥有完美的身材,高大的身躯
英俊的脸庞和黑色的眼睛
外表酷似希腊人而非罗马人。

选自《博洛尼亚小巷》,珀加索斯出版社,1992

安东尼奥·威内齐阿尼

安东尼奥·威内齐阿尼(Antonio Veneziani)，1949年出生于卢加尼亚诺·瓦尔·达尔达(Lugagnano Val d'Arda)，意大利当代诗人，"罗马诗派"(Scuola Romana)成员。曾与帕索里尼和达里奥·贝莱扎等人进行过合作。其作品探讨爱情和吸毒等主题。主要作品包括《红糖》(*Brown Sugar*, 1979)、《浑浊的天真》(*Torbida innocenza*, 1984)、《受伤的云》(*Nuvole ferite*, 1991)、《问候》(*Shalom*, 1994)、《维斯帕夏诺》(*Vespasiani*, 2003)、《爱与自由》(*D'amore e di libertà*, 2011)、《深度纹身》(*Tatuaggio profondo*, 2014)、《街头歌曲》(*Canzonette stradaiole*, 2022)和《赤裸的双脚与原始文字》(*Piedi nudi e parole crude*, 2024)。此外，威内契阿尼还从事随笔写作。

"镜子边缘"

镜子边缘

无用,永恒,备受猜疑的

编年史。声音

自我暴露,犹如一场出其不意的

诈骗。与此同时,我的爱

夹在两块巨石之间

缓缓消逝

选自《红糖》,阿卡出版社,2018

"我窥视多情的印迹"

我窥视多情的印迹

在碎裂的杯子上

在锈迹斑斑的烟灰缸上

在破旧的阿拉伯头巾上。我不记得

时间和原因

伤疤,几乎从来

都不是可靠的证人

选自《红糖》,阿卡出版社,2018

"纸牌不会说谎：新世界即将到来"

纸牌不会说谎：新世界即将到来：

它找不到我。我老态龙钟，总是徘徊不前。

你，只有你，舞者，才能在蓝色的光影中找到我。

几个舞步就足以温暖冰冻的血液

重塑凄凉破败的大脑？

舞者，你是永恒的回声和影子。

你平息仇恨，令紫罗兰和仙客来重新焕发生机。

你注定虚无缥缈，因此比现实更为真实。

这并非寻常的夜晚，你驱散某些

幻想的冗余，带我们重回生命剧场。

选自《赤裸的双脚和原始的文字》，梅达特出版社，2024

编者手记

亲爱的读者,你们,才是这本诗集中最动人的诗篇。是你们让一场奇妙的相遇成为可能:跨越时空的界限,超越我们两个友好民族之间总是显而易见、实则微不足道的差异,展开一场灵魂的对话。因为诗歌应该被理解为大地上各民族之间爱的拥抱。唯有诗歌,带着它所有的地域和文化魅力,使心与心相连,净化思想、化解忧虑,直面事物最纯粹的本质。

二十年来,我对中国的喜爱有增无减,可即便如此,想要真正领会这个满是艺术瑰宝与古老智慧的国度的文化深度与丰富内涵,仍远远不够。此前,我曾将海子、顾城、西川、骆一禾、周亚平等诗人介绍到意大利。而这一次,在好友兼诗人雷佐·帕里斯(Renzo Paris)的大力支持下,我决定向大家展现意大利近三十五年诗歌的精华。

中国的诗人朋友们常常问我:"帕索里尼之后,意大利诗歌界有哪些新变化呢?近几十年你们的艺术创作,我们几乎一无所知。"

所以说,这本书意义非凡,它虽不完美,却记录着一段独特的历史。我期待未来还能有更多的选本问世，让大家对意大利诗歌有更深入的认识，毕竟探索与了解永无止境。

很遗憾，有不少优秀诗人没能入选，对此，我负有不可推卸的责任。我盼着能继续完善这个工作，在未来几年，让意大利诗歌这扇小窗开得更大，让更多人领略其魅力。

在此，我要诚挚地感谢江苏凤凰文艺出版社，以及那里的每一位工作人员。今年春天我的南京之行，有幸与你们一同分享文学和美食，真的无比美好。还要特别感谢刘国鹏教授，他付出诸多心血，将那些或许本来难以翻译的文字，巧妙地转化为优美的中文。

意大利能为中国带来许多精彩，就像中国给予意大利的馈赠那般不相上下。这本诗集，恰似一个小巧而温暖的爱的拥抱，连接着身处太阳升起之地的你们，和在世界另一端、张开双臂迎接那束光的我们。

满怀深情的

德陆法
罗马
2024 年 7 月 18 日

关于主编　　**法朗西斯·德·陆法（Francesco De Luca）**

中文名德陆法，1979年5月17日生于罗马，诗人、作家、翻译家，德陆法出版社创始人。曾在北京语言大学学习中文。出版有诗集《反常现象》(*Anomalie*，2015)、《卡玛旅馆》(*Karma Hostel*，2019)；作品入选《罗马诗歌节诗选》(*Roman Poetry Festival*，2019)。译有《一个幸福的人——海子诗选》(*Un Uomo Felice, poesie scelte di Haizi*)、刘溪的《我与意大利》(*Io e l'Italia*，2022)、黑文的《天诗》(*Poesia Celeste*，2023)、特伦斯和丹尼斯·麦肯纳(*Terence and Dennis McKenna*)的《看不见的地貌：心灵、致幻剂和易经》(*Lo Scenario Invisibile. Mente, Allucinogeni e I Ching*，2024)、《诗人应该被枪毙：拉法乌·沃雅切克诗选》(*Il poeta andava fucilato, poesie scelte di Rafał Wojaczek*，2024)、丹尼斯·麦肯纳(*Dennis McKenna*)的《呐喊深渊的兄弟会》(*La confraternita dell'abisso urlante*，2024)，以及《北大三友：海子、骆一禾和西川诗选》(*I tre poeti dell'università di Pechino, poesie scelte di Haizi, Luo Yihe e Xi Chuan*，2025)。目前生活居住于罗马。

关于译者　　**刘国鹏**

中国社会科学院世界宗教研究所研究员，博士。1996年毕业于北京大学哲学系，2006年获意大利米兰圣心天主教大学天主教会史方向博士学位，2008年于巴黎三大—新索邦大学从事博士后研究。出版有学术著作《刚恒毅与中国天主教的本地化》《大公性与中国化双重张力下的中国天主教会》《夹缝与生机：时代语境下的中国天主教会》(全三册)等，散文集《地中海的婚房》，译著《日本神学史》《圣经的故事》《覆舟的愉悦：翁加雷蒂诗选》《沥青上的脸颊：奥尔达尼诗选》《的里雅斯特与一位女性》《木偶奇遇记》《回声之巢：帕索里尼诗选》《乌贼骨：蒙塔莱诗集》《在应许与遗忘之间：阿米亥诗选》等。